Kensuke & Akutsu & Fumiya
「交番へ行こう」

「駄目か？」
阿久津は縋るような視線を向けてきた。
抱きしめられることで落ち着くこともある。何
も考えず、人肌に溺れ、今この瞬間だけでも現
実を忘れたいと望んでいるのだとしたら……。
そう思ったとき、唇が勝手に動いた。
「好きにしろよ」（本文P．149より）

交番へ行こう

いおかいつき

キャラ文庫

この作品はフィクションです。
実在の人物・団体・事件などにはいっさい関係ありません。

目次

口絵・本文イラスト／桜城やや

1

爽《さわ》やかな春の風の中を自転車で走り抜ける。暖かな気候が人の気持ちまで優しくしてくれるかのようで、時任健介《ときとうけんすけ》は自然と柔らかな笑みを浮かべていた。

特別、どの季節が好きだとか考えたことはなかったのだが、この仕事につき、自転車を頻繁に使うようになってからは、風を心地よく感じる春が好きだと思うようになった。

午後二時、昼下がりのこの時間は、散歩にはちょうどいいからだろう、向かいからはスモックを着た幼稚園児の集団が二列になって歩いてくる。健介は自転車を降り、園児たちとできるだけ目の高さを合わせ、通り過ぎるのを待った。

「おまわりさん、こんにちはー」

先頭を歩く女性保育士の合図があったのか、園児たちは声を揃《そろ》え挨拶《あいさつ》してくる。

「はい、こんにちは」

健介は笑顔で、子どもたちに応えた。

警察官の制服は、特に男の子たちに人気がある。今も列を離れ、健介にまとわりついてくる三人の男の子を保育士が必死で押しとどめている。

「おまわりさんは、町のみんなを守る大事なお仕事があるんだから、邪魔しちゃ駄目でしょう？」

保育士の説得が功を奏したのか、それに被《かぶ》せるように言った、また今度遊ぼうという健介の言葉を信じたのか、園児たちはようやく健介を解放し、笑顔で手を振り、去っていく。

子どもたちの後ろ姿を見送り、健介は再び自転車に跨《また》がる。

おまわりさんと呼ばれるようになって、はや十年が過ぎようとしていた。高校卒業後、警察官採用試験に合格し、研修を終えてすぐに地域課配属の交番勤務となった。それから今日までいくつかの交番を回ったが、交番勤務は変わらない。同期の中には警察の花形とも言える刑事課に配属になり、休みなく走り回っている奴もいるが、羨《うらや》ましいと思ったことはなかった。交番勤務は健介の希望だった。市民といちばん身近に接することのできる交番勤務をするために、健介は警察官になったのだ。

商店街が見えてきた。自転車を押して歩き出した健介に商店街中から声がかかる。健介もまた自ら声をかけながら歩いていく。商店街に変わりがないかを確認するのは日課だった。もっともこの交番に勤務を始めて今日まで、事件らしい事件が起きたことはない。それくらい平和な町だった。

いつもどおりの平穏無事な商店街を通り抜け、自転車に跨ろうとしたときだった。

「健ちゃん、いいところに来たわ」

また声をかけてきたのは、商店街の住人ではなく、近くに住む顔なじみの主婦だ。

「どうかしたんすか？」

「あれ、見てちょうだい」

気軽に答えた健介に、主婦は頭上を指さす。視線を向けるとまず目に入ったのは緑の葉が覆う桜の木だ。さらによく見ると、その枝の一角に子猫が震えてか細い鳴き声を上げていた。

「なんだって、あんなとこに？」

健介は子猫から目を離さずに主婦に尋ねる。

「私が見つけたときには、もうあそこにいたのよ。それより、かわいそうでしょう？　うちの人がいればねえ」

主婦が健介に縋《すが》るような目を向けてくる。去年病気で亡くなったこの主婦の夫は、町内でも世話好きで有名な人だった。何かあったら真っ先に駆けつける人で、今も生きていれば既に木に登っていてもおかしくない。

「俺がなんとかしますよ」

健介は力強く断言した。男手がないときは自分がその代わりになりたい。健介もかつては交番のおまわりさんにそうしてもらっていたからだ。

健介は三歳のときに父親を亡くした。大家族だったから寂しさは紛れたが、女系家族のため男手は子供の健介しかなかった。それを補ってくれたのが、近くの交番の警察官だった。女ばかりの時任家を常に気に掛けてくれ、何かあったらすぐに飛んできてくれた。健介にとっては父親代わりでもあり、ヒーローでもあった。そんな警察官になりたくて、健介は今の職業を選んだのだ。だから、刑事課や交通機動隊といった花形とされる課の誘いがあっても、健介は頑《かたく》なに交番勤務を希望していた。

子猫がいる枝までは二メートル程度だ。これなら自転車の荷台に上がれば充分に届く。

健介は位置を見定め、自転車を真下に停める。それほど大騒ぎをしていたつもりはなかったのだが、健介の制服姿が目立ったのか、そうこうしているうちに人が集まりだした。さすがいまどき珍しい人情味溢《あふ》れる下町だけあって、荷台に上がるのは危ないだとか、脚立を取りに行くだとか、口々に意見が上がり、最終的には通りかかった配達用ワゴンカーに上がらせてもらえることになった。これなら自転車と違って足場もしっかりし、健介も足下を気にしないで動くことができる。

地域住民に見守られ、子猫を驚かせないようそっと手を伸ばし、小さな体を胸に抱き留めると、ギャラリーから歓声が上がった。

「健介くん、かっこいいー」

若い女の声が聞こえると思ったら、いつの間にか近所の女子高校生まで集まっていた。

「学校はもう終わったのか？」

猫を抱いたまま車を飛び降りた健介は、女子高生たちに問いかける。彼女たちも顔なじみで、年の近い健介に親しみを持っているのか、いつも学校帰りに交番を冷やかしに来るのだ。

「終わったよー」

「写真も撮っちゃった」

女子高生の一人が携帯電話を持ち上げて見せた。今のどこにシャッターチャンスがあったのかと健介は呆《あき》れるしかない。

「どうせ撮るならもっとかっこいいとこを撮れよ」

「充分、かっこよかったって」

一人がそう言い、周りもそうだそうだとはやし立てる。

「健ちゃんはモテモテでいいねえ。俺も健ちゃんくらい男前に生まれたかったよ」

車を貸してくれた酒屋の男が冷やかす。男は健介とは対照的な容姿をしていた。がっちりとした体格は岩のようとでもいうのだろうか。顔もまたその体格にはよく似合っていて、健介もそんなことはないだろうとは言えなかった。

一方、モテモテと称された健介は、百七十四センチの身長に適度に筋肉がつき、引き締まっている。はっきりとした顔立ちにくどさはなく、大きな目が凛々しさを感じさせ、警察官らしい短く切りそろえた黒髪も、男らしさを際だたせる。実際、警察官という職業さえ黙っていれば、健介はかなりもてた。だが、なかなか忙しさ、勤務時間の不規則さをわかってもらえず、もう三年も彼女がいない状態が続いている。寂しいと思うこともあるが、仕事の充実感がそれを忘れさせてくれていた。

子猫は野良ではなく飼い猫だった。家から抜け出してきていたらしく、女子高生の一人がよく知っている家の猫だと証言した。おまけに届けに行くとまで申し出てくれ、健介は彼女に任せ、自転車に跨った。

そんなふうにしょっちゅう足を止めるので、健介のパトロールはどうしても同僚警察官よりも長くなってしまう。

「遅くなりました」

交番の前に自転車を停め、健介は声をかけながら建物の中に入った。

交番の中は平屋の二間続きになっている。手前には常時警察官がいて、カウンター式のテーブルが中央にあり、市民に応対するようになっている。奥は署員の休憩室とトイレだ。

「お疲れさん」

先輩の三谷《みたに》が、カウンターの中から笑顔で出迎えてくれる。遅くなるのはいつものことだと、責めるふうもない。

この交番には二十四時間態勢で二人の警察官がいる。交替制なのだが、三谷とは一緒の勤務になることが一番多かった。

「異常ありませんでした」

「まあ、ないだろうな」

いつもと同じ健介の報告に、三谷が笑いながら答える。健介がこの交番勤務になって二年、起きた事件は空き巣が一件だけだった。

「健介くん、いる?」

健介が一息つく間もなく、そう言いながら交番に入ってきたのは、近所に住む主婦の朝野《あさの》だ。健介の場合、おまわりさんと呼ばれるよりも、親しみを込めて名前で呼ばれることが多い。

「いますよ。なんかあったんすか?」

健介は笑顔を浮かべて朝野に対応する。

あまり改まりすぎない話し方が、かえって親近感を抱かせるのか、三谷に言わせると健介がこの交番勤務になってからのほうが、近隣住民が相談に来る回数が増えたということだった。もっともほとんどが些細《ささい》なことだから、愚痴を零《こぼ》す意味合いのほうが強かった。

「それがねえ」

朝野はすっかり腰を落ち着け、健介の勧めた椅子《いす》に座って話し始めた。五十代半ばの専業主婦で、会社員の夫と高校生の娘と一緒に暮らしている。この時間はまだ夕食の支度にも早いから、時間の余裕があるのだろう。

「うちの駐車場に一日中、余所《よそ》の車を停められて困ってるのよ」

言葉どおりの困惑した表情で、朝野は溜息を吐く。

朝野宅はここから徒歩十分弱のところにある。家の前は幅四メートルの市道があり、そこに面して駐車場とポーチが玄関に続いている。車が出入りしやすいようにと駐車場に柵《さく》は設けられていなかった。つまり赤の他人が停めようと思えば停められる造りなのだ。

「そりゃ、厄介っすね」

健介の口調もつい同情的になる。個人の敷地内のことなら警察は介入できない問題なのだが、困っている市民を放ってはおけない。健介が背後に控えていた三谷を振り返ると、何も言い出さないうちから、苦笑しつつも頷《うなず》いている。行ってきていいということだ。こんな話を聞いて行かずにはいられない健介の性格をよくわかってくれているからだ。

「まずは現場を確かめてみますか」

健介がそう言うと、朝野は目に見えてホッとした顔になる。直接抗議するのが怖かったのだろう。

交番を出ると、健介は自転車を押して、朝野と並んで歩きだす。現場に到着するまでの間に、さらに詳しい事情も聞いておいた。

二日前から昼間だけ車が停められるようになった。現在、朝野の自宅のすぐ向かいでアパート建設が行われている。車体に業者名などは書かれていないが、軽トラックであることと、作業に使うらしい工具が荷台に載せられていることから、その現場に来ている業者の車に間違いないと朝野は言い切った。確かに二日続けてだと、たまたま用があってきただけの業者ではなさそうだ。

約十分で朝野の家に到着した。駐車場内にまるでその家の車であるかのように軽トラックが停められている。

健介は向かいの建設現場に目をやった。通りに面したフェンスには、阿久津《あくつ》組と書かれた看板が掛けられている。聞いたことのない会社だった。建設途中の建物は周囲をシートで覆われているが、かなり進んでいるのがわかる。建物の前にもわずかに土地があるのだが、そこにはワゴン車が横付けされていて、何か作業で必要なものが載せられているのか、荷台のドアは開いたままになっていた。

「まずは誰の車なのか確かめないと」

健介は朝野を自宅で待たせ、一人で現場へと近づいていく。

何人で作業しているのかわからないが、物音はするものの、あまり外に人の姿がない。誰に声をかけようかと健介が見つめる先で、ちょうど作業着姿の若い男が建物から出てきた。

「そこの交番の者ですが、責任者の方は？」

「責任者って、監督のことっすか？」

健介の呼びかけに男は足を止め問い返す。警察官だとわかれば、たいていの人間は丁寧な応対をしてくれる。健介がそうだと頷くと、男は周囲を見回した。

「ああ、いた。ちょっと待ってくださいよ」

男は何かに気づいた。その視線を追うと、建物の裏手からこちらに向かって歩いてくる男がいる。目の前の男はそちらに向かって、監督と声を上げて呼んだ。

「ああ？　なんだ？」

監督と呼ばれた男は、特に慌てもせず、悠然と歩いている。若い男のほうが駆け寄って、なにやら耳打ちする。警察が来たと報告しているのだろう。監督は健介に対して、訝《いぶか》しげな視線を向けるも、若い男と交替に健介に近づいてくる。

まず目を惹《ひ》いたのはその体格だ。身長は百八十センチを軽く超えているだろう。まだ春先だというのに作業ズボンの上には白のTシャツだけで、見事な筋肉が見て取れた。スポーツ選手のそれとは違う、肉体労働者特有の逞《たくま》しさがある。

間近に迫ると、その顔立ちもはっきりとわかってきた。四十代前半、少し日本人離れした彫りの深い顔立ちで、顎《あご》には髭《ひげ》を蓄えているが、不潔な印象はない。ワイルドな風貌《ふうぼう》で人目を惹く華やかさがあった。

ようやく監督が健介の前までやってきて立ち止まると、制服姿が珍しいのか、居心地が悪くなるほどの不躾《ぶしつけ》な視線をよこしてくる。

「俺が責任者の阿久津建設社長の阿久津だが、何か用か？」

阿久津の態度は不遜《ふそん》なものだった。警察相手だからと、卑屈になったり下手に出るような性格ではないらしい。健介は少し厄介なことになりそうだと、気を引き締める。警察の威光を笠《かさ》に着るわけではないが、素直に引き下がってくれるのなら、面倒がなくて楽だ。

健介は朝野宅にある車を指差して、

「そこに停めている軽トラックのことなんですが、そちらの車ですよね？」

「ああ、うちのだ」

阿久津はあっさりと認めた。悪いことをしているという意識はなさそうだ。

「わかってると思いますが、あそこは余所のお宅の駐車場ですから」

できるなら大事にせず穏便に済ませたいと、健介は穏やかな声で注意した。だが、返ってきた答えは健介の予想を裏切るものだった。

「そのことなら問題ない。見てのとおり、忙しいんだ。帰ってくれるか」

阿久津は視線を現場に向け、勝手に話を終えようとする。

「ちょっと待ってくださいよ。話はまだ……」

「しつこいな」

引き留める健介を、阿久津がうっとうしそうに睨《にら》みつける。健介のような警察官でなければ竦《すく》み上がりそうな迫力があった。

「だいたい、お前は誰に何を言われてここに来た？」

「誰にって、それは近隣住民の方ですよ」

朝野の名前を出すわけにはいかず、健介は言葉を濁す。ただ、どう考えても迷惑をしているのは朝野だけなのだから、阿久津にも誰かはすぐにわかってしまう。

「誰とは言えない奴からの通報ってわけか」

阿久津は馬鹿にしたように笑った。

「とにかく、あなたのしてることは迷惑になってるんです」

健介も負けるわけにはいかないと、強い口調で詰め寄り、二人は睨み合う。

「そんな怖い顔をするな」

阿久津がフッと表情を崩し、思わせぶりな笑みを浮かべた。

「せっかくの可愛《かわい》い顔が台無しだ」

「か、可愛い顔?」

健介は唖然《あぜん》として問い返す。可愛いという形容詞ほど、自分に似つかわしくない言葉はないと思っている。実際、物心ついてからというもの、かっこいいと言われたことはあっても、可愛いと言われたことはない。

「ああ。見当はずれの注意なんかしてないで、その可愛い顔で愛想振りまいてろ」

頭の中で何かが切れる音がした。その瞬間、健介は阿久津の胸ぐらを摑《つか》み上げていた。

「てめえ、いい加減にしろよ」

「お、天下の公僕が善良な市民にそんな口の利き方していいのか?」

態度の豹変した健介に対して、阿久津は全く動じることなく、むしろ面白がっている。

「誰が善良な市民だ」

「善良だろ。ちゃんと働いて税金を納めて、お前らの給料を払ってやってんだから」

自分だけでなく警察官全体を馬鹿にされた。頭に血が上り、ますます冷静さがなくなる。今にも阿久津に殴りかからんばかりの勢いだった。

「おい」

冷静な阿久津が僅《わず》かに視線を動かし、健介の後ろを示した。勢いをそがれ、健介もそこに目を向けると、朝野が物言いたげに立っていた。表に出たくないと言っていたのにと、何かあったのだろうか。

「ちょっと待ってろよ。まだ話は終わってねえんだからな」

阿久津に捨て台詞《ぜりふ》を残し、健介は足早に朝野に近づいていく。

「どうしたんすか?」

阿久津から朝野を隠すようにして立ち問いかけた健介に、朝野はいきなり頭を下げた。

「ごめんなさい。今、主人から電話があって、車のことは主人が許可を出してたの」

「それって……」

唐突な話の展開にすぐに頭がついていかない。健介はさらなる説明を求めた。

「主人は車で通勤しているから、日中は家の駐車場を塞いでも問題ないって、あの現場監督さんに言ったらしいの」

朝野が夫から聞いた話によると、夫は阿久津と飲み屋で知り合い、朝野宅の前で建設しているとわかって盛り上がり、意気投合した。そのとき阿久津が車を停める場所が狭いと愚痴ったのを聞いて、夫のほうからそれなら自宅前を使えと言ったのだという。ただ、妻に伝え忘れていた。偶然、今電話があったから、健介に苦情を言ってもらっているとでも言ったのだろう。朝野の夫は慌てて思い出したようだ。

「どうしましょう……」

朝野は誤解から阿久津を責めたことを後悔している。どう詫《わ》びればいいのか、対応も浮かばないらしい。さらには健介まで巻き込んでしまったことも、朝野の表情を暗くさせていた。

「事情がわかってよかったじゃないっすか」

健介は笑顔を浮かべる。結果はどうあれ、朝野が気がかりだった問題は解決したわけだ。それでいいだろうという思いをその笑顔に込めた。

「それじゃ、これからも停めて大丈夫ってことっすよね？」

朝野が頷きながらも、ちらりと健介の後ろを見た。気になるのは不機嫌な顔をした阿久津のことだ。言いがかりをつけられた阿久津が朝野に好印象を持つはずがないと、それを心配しているのだろう。

「俺からうまく言っときますよ」

任せておけと健介は胸を叩《たた》く。本心ではこのまま交番に帰りたかった。だが、市民を不安にさせたままで放っておく訳にはいかない。

健介はまた朝野を先に自宅へ帰し、一つ息を吐いてから、阿久津の元へ戻った。

待っていろと言ったからではなく、おそらく健介の出方を見るために、阿久津はその場で待っていた。その証拠に口元には人を馬鹿にしたような笑みが浮かんでいた。

「申し訳ありませんでした」

健介は阿久津の前に立ち、深く頭を下げた。どんなに阿久津の態度に腹を立てようが、事情も知らずに責めたことは間違いだったのだ。素直に謝るしかなかった。

「なんでもかんでも、通報を鵜呑《うの》みにしてんじゃねえぞ」

阿久津はあくまでも上からの態度だ。

「今回はお前のその可愛い顔に免じて、署には言わないでいてやるよ」

押しつけがましい言い方な上に、さらにはまた顔のことを言われ、反論する言葉が喉《のど》まで出てきたが、今回の一件では、悪いのは確認しなかった健介だ。ぐっと言葉を呑み込む。

阿久津は言い置いて現場へと戻っていく。

一人残された健介はようやく顔を上げ、阿久津の姿が見えないことにホッとして、足早に停めていた自転車に戻った。

腹立たしさは消えないが、市民の不安が一つ解消されたのだと思って、苛立《いらだ》ちは呑み込むしかない。とは思っても、自然と自転車を漕《こ》ぐ足は速くなる。怒りのせいだった。健介も悪いが、阿久津も悪い。最初に一言、許可はもらっていると言えばよかったのだ。

「ただいま戻りました」

徒歩で十分なら自転車だと五分もかからない。すぐに交番に着いてしまい、不機嫌さの残った顔を三谷に見せることになる。

「おい、どうした？　そんなおっかない顔して」

「どうしたも何も」

健介はこの怒りをわかってもらいたくて、阿久津とのことを一気にまくしたてた。

「現場監督なんて多かれ少なかれ、そういうものじゃないのか？　荒っぽくもなるだろう」

三谷は健介を宥《なだ》めるように言った。それは健介にも理解できなくはないのだが、阿久津に対する不快感は他にもある。だが、どう伝えればいいのか、言い表す言葉が見つからなかった。

「ま、もうそんなに会うこともないだろ。そろそろ仕上げに入ってるんじゃなかったか？」

管轄内のことだから、工事に入る前に予定納期は連絡が入っている。一カ月後くらいには終わる予定だ。三谷はそれを指摘していた。

「そうですね」

健介はできるならもう二度と会いたくないという思いを込めて、深く頷く。

「お茶でも飲んで一息ついたらどうだ」

三谷に勧められ、健介はまだ制帽すら脱いでいないことに気づく。交番内にいるときには着用していないが、外に出るときには被ることになっているのだ。

制帽を壁にかけようとして、鏡が目に入った。そこには自分の顔が映っている。見慣れた自分の顔だ。とても可愛いという形容詞が似合うとは思えない。

「三谷さん、俺って、可愛いっすかね?」

鏡を見ながらの健介の唐突な質問に、三谷は絶句した後、噴き出した。

「急にどうした? お前、そんなナルシストだったか?」

「そうじゃないっすよ。初めてそんなこと言われたから」

さっきの阿久津とのやりとりを思い出し、健介はかいつまんで説明する。

「そりゃ、ガキっぽいって言いたかったんじゃないのか?」

あの阿久津の態度では、そんなふうに言っているとは思えなかったが、三谷の説明以外の理由が思いつかない。

「どっちにしろ、褒められた言い方じゃないがな」

「やっぱ、そうっすよね」

健介もそうだと思っていたのだ。同意を得て、声に力が入る。

「ふざけやがって、あの野郎」

思い出すとまた腹が立ってきた。初対面の男に馬鹿にされるいわれはない。健介はこの場にいない阿久津への憤りを隠さなかった。

「おいおい、町のアイドルの言葉遣いじゃないぞ」

たしなめる三谷の声が笑っている。

「アイドルでも、暴言も吐けば、くそもするんですよ」

健介はやけくそのように言った。アイドルと言われるのには、すっかり慣れてしまったし、親しみを込められての愛称だから悪い気はしない。

「なんだ、それは」

声を上げて笑う三谷に釣られて、健介も噴き出した。

三谷と話しているうちに、不快感が薄れてくる。町の住人は温かいし、職場の環境も最高だ。たまに嫌なことがあっても、すっかり忘れてしまえるくらいに、今の仕事が楽しかった。


あの最悪の出会いから十日が過ぎ、健介はすっかり阿久津のことなど忘れ、いつもの日常に追われていた。平和な町とはいえ、警察の存在が必要なことは多い。今日もまたそうだった。

「時任、応援に呼ばれたぞ」

電話に応対していた三谷が、受話器を戻しながら表情を険しくする。巡回から戻ってきたばかりで事情のわからない健介に、三谷がさらに説明を加える。

「河原で高校生が集団で喧嘩《けんか》をしてるらしい」

三谷は短くそう答え、先に現場に向かうことを優先した。自転車に跨り、場所を知っている三谷が先を走る。

自転車で併走しながら、三谷は状況を教えてくれた。通行人から高校生が喧嘩をしていると一一〇番通報が入り、連絡を受けた少年課の刑事たちが現場に向かっているものの、健介たちのいる交番からなら五分とかからない。それで先に行って状況を確かめろということらしい。

言っているそばから河原が見えてきた。

「あれだな」

三谷の真剣な声に、健介も表情を引き締め、はいと頷く。

通報どおり、河原では十人ほどの学ラン姿の学生たちが、入り乱れて喧嘩をしていた。今どき珍しい光景だ。集団が一人を虐《いじ》めているのでもなく、リンチでもない。昔懐かしい不良グループ同士の決闘のように見える。

三谷は本庁に無線で状況を報告している。健介はその間に自転車を停め、合図があればいつでも飛び出せる準備をしておいた。

「その先まで来ているらしい。俺たちは先に行くぞ」

三谷の合図で二人は同時に河原を駆け下り始めた。高校生にもなると体も大きくなる。しかも、これだけの大人数だと簡単には取り押さえられない。健介たちの役目は喧嘩を中断させることと、本隊の到着までの時間稼ぎだ。

「お前ら、何をやってる」

三谷がまず怒鳴り、彼らの動きを止めた。声のほうに顔を向けた高校生たちは、健介たちの制服姿に見るからに怯《ひる》んだ。

「やばい、警察だ。逃げろ」

リーダー格の学生が叫び、集団は一斉に散らばり始めた。既に地面に倒れている学生もいるが、意識ははっきりしているようだから、すぐに救急車を呼ぶほどのことでもなさそうだ。それならと、健介は反対方向に逃げる学生の一人を追いかける。三谷も同じように判断したらしく、別の方角に走っていった。

健介は一人を地面に引き倒し、足を封じてまた次の学生を追いかける。けれど、深追いはしなかった。足止めさえしておけば、まもなく本隊が到着するはずだからだ。

健介の読みどおり、サイレンの音が聞こえてきた。それはすぐに止み、土手に停められた二台のパトカーから警官が六人、飛び出してくる。

人数的には学生たちよりも若干少ないが、本職と素人の違いがある。逃げ道を塞がれ、学生は次々に確保されていく。

「待てっての」

健介も三人目の学生の腕を摑んで、引き留めた。少年は健介の腕を振り払おうとするが、日々、鍛えている健介とでは力の差がある。健介は腕の力を緩めないでいると、少年は諦《あきら》めたようにようやく振り返る。

健介よりも上背のある少年の顔はかなり大人びていた。前の二人の少年にはまだ幼さがあったが、この少年は制服でなければ大学生といっても充分に通じる。

　健介はまじまじと少年の顔を見つめた。

　薄く色を抜いた茶色の髪は、目元を覆うほどに長い。その髪から覗《のぞ》く目は、きりりとしていて印象的だ。鼻筋も通っていて整った顔立ちをしている。背が高くてこの顔なら、学校でもさぞもてているだろうと思わせた。

　だが、健介の目を奪ったのは、いい男だからではない。どこかで見たような気がしたからだ。ただ、この詰め襟の制服は管轄内にある学校のものではなく、知り合う機会はないはずなのだが、どこか記憶を掠《かす》める。

　そして、何故《なぜ》だが、少年もまた健介の顔をじっと見つめていた。もしかしたら、思い出せないだけで会ったことがあるのだろうか。健介がそう問いかけようと口を開きかけたとき、周囲がさらに慌ただしくなった。

　健介が視線を向けると、学生たちは全員、確保され、後からさらに続いてきたパトカーへと乗せられているところだった。最初の二台ではとても乗せきれる人数ではなく、応援が呼ばれたのだ。

「警察に連れてかれんのかよ」

　腕を捕まれたままの少年が健介に尋ねる。

「当たり前だろ。こんな大騒ぎになったんだ」

「たかが喧嘩じゃねえか」

少年が納得いかないと舌打ちする。その拗《す》ねたような仕草が外見に似合わず子供っぽく見えて、健介はつい笑ってしまう。

「ま、武器を使ってなかったのだけは褒めてやるよ」

喧嘩なら健介にも覚えがある。十代の頃にはよくしていた。もっとも、健介の場合はぐれていたわけではなく、喧嘩っ早かっただけだ。だから、今回のような喧嘩のスタイルには懐かしさを感じた。

「褒めるんなら、見逃せよ」

「いい機会だ。おっかない刑事さんに説教されてこい」

ふてくされる少年に、健介は今度ははっきりと笑って言った。

「ほら、行くぞ」

ふくれっつらの少年の腕を引いて、健介は土手を上がりパトカーまで連れていく。待ちかまえていた少年課の刑事に引き渡すと、少年が何か言いたげに健介を振り返る。不安なのかもしれないと、健介は大丈夫だというふうに笑って頷いて見せた。重傷者もいないようだし、これくらいなら保護者を呼んでの注意だけで終わるだろう。

パトカーのドアが閉まり、走り出す。これで健介たちの仕事は終わった。結局、高校生の乱闘は、計五台のパトカーが出てくる大騒動となったが、あっけない幕切れだった。

「帰るか」

三谷が健介を促し、二人は自転車に跨り、交番へと戻った。

交番を留守にしていた時間は三十分余りだ。その間にもし何かあれば、署に直通で繋《つな》がる電話が置いてあり、利用してくれと注意書きもしてあるが、利用された形跡はなかった。一日で健介たちの力が必要だと交番に現れる人間はほとんどいない。世間話に来る近隣住民のほうが圧倒的に多いのが現状だ。

それから夕方まで残り二時間の勤務を終え、交替の警官と入れ替わりに健介は署に戻る。後は一日の報告をすれば、勤務は終わりだ。

署の更衣室で着替えをしている間に、三谷は約束があると急いで着替えて先に出て行った。健介は少し遅れて一人で部屋を出て、出口に向かう。

「あれ？」

健介は呟《つぶや》き足を止めた。更衣室から玄関までの間に少年課がある。その前の廊下に見覚えのある学生服姿の少年を見つけたのだ。さっき健介が最後に取り押さえた少年だ。

補導してからもう三時間以上経っている。通常なら事情を聞いた後、保護者に連絡をして引き取らせるはずだ。その証拠に他の仲間の姿はない。何か重大な事件に絡むような乱闘だったのなら、他の少年もいて当然だ。それがないのは、それぞれ保護者に引き取られていったからだろう。

気になるとそのまま見過ごせない。少年の近くにはさっき河原であった刑事がいた。事情を聞くにはもってこいだ。

「どうしたんすか？」

健介は近づいていき、小声でその刑事に尋ねる。

「こいつだけ、保護者に連絡が取れない」

刑事はしかめっ面で答えた。やはり健介が考えていたように、保護者さえ現れれば帰してもらえる程度の喧嘩だったようだ。

少年は廊下のベンチに座っている。一人残されれば不安になってもおかしくないのだが、少年は仏頂面で、壁を見つめていた。

健介の視線に気づいたのか、少年が顔を上げた。視線が合えば何も言わずにはいられない。

「親は仕事で忙しいのか？」

健介が口を挟むことではないのだが、つい尋ねてしまう。

「そうなんじゃねえの」

少年は他人事のように言った。

「だから、そろそろ母親の連絡先を言えと言ってるんだ。父親と連絡がつかないんだ。諦めろ」

刑事が少年を諭そうとする。この流れで健介にもなんとなくだが事情が摑めてきた。少年が刑事に教えたのは、父親の仕事先か携帯電話だ。何か母親に知られたくない事情があるらしい。だが、その肝心の父親が電話に出ないのだろう。

「さっきから言ってんだろ、親父の現場に連れて行けって。近くなんだからよ」

少年は反抗的な態度を崩さず、刑事に対しても卑屈になったりはしていない。

「そう言えばお前のとこの近くだな。アパートを建設してる現場があるだろ?」

嫌な予感がしつつも、刑事の問いかけに健介は頷く。この瞬間まで、十日前のことはすっかり忘れていたが、ここから近くてアパート建設をしている現場となると、最悪だったあの男のいる現場しかない。

「そこを請け負ってるのが、こいつの親父なんだと」

「マジですか?」

健介は驚きを隠せなかった。だが、少年の顔をよく見ると、確かに阿久津と血の繋がりを感じさせるものがある。初めて見たときの見覚えはこれだったのだ。

「お前、そいつの保護者を知ってるのか?」

健介の態度からわかったのだろう、少年課の刑事が驚いたように尋ねてきた。

「知ってるっていうか、なんていうか……」

はっきりとした返事ができないのは、やはり阿久津への悪印象のせいだ。だが、嘘を吐くのは苦手だから、曖昧《あいまい》に頷きつつも認めた。

「それはちょうどいい。だったら、お前がこいつを連れて行け」

「俺がっすか？」

　意外な刑事の申し出に、健介は啞然として問い返す。

「うちもいつまでもこいつ一人に構ってられねえんだよ。第一、こいつは巻き込まれただけのようだしな」

　そう言われてよく見ると、少年は怪我《けが》一つなく、制服も綺麗なままで、確かに乱闘の痕《あと》は見つけられない。刑事はさらに事情を付け加えた。

「立会人を頼まれたんだとよ。他の奴らもそう言ってる」

　裏付けは取れているようだ。しかし、立会人という響きがいまどき珍しく古風で、刑事も健介と同じように思ったらしく、口にしておきながら苦笑いしている。

「頼めるな？」

　先輩刑事から再度念を押されると健介も頷くしかない。勤務は終わっているというのに、仕事を押しつけられてしまった。しかも、あの態度の悪い男にまた会わなければならないのかと思うと気が重いが、少年課も忙しそうだ。

「じゃ、行くか？」

　健介が少年を促すと、少年も解放されるのを待ち望んでいたからか、素直に腰を上げた。

　犯人というわけではなく、ただ保護者に送り届けるだけだから、健介は私服のまま、警察手帳も携帯しなかった。並んで歩き出し、署を出てから、少年が問いかけてくる。

「親父とどんな知り合い？」

「建設現場が交番の近くなんだよ」

「それだけ？」

少年は窺《うかが》うような視線を向けてくる。父親の阿久津も大柄な男だが、少年も高校生のくせに健介よりも背が高いのが気に入らない。

「会ったのは一度だけだ」

健介は平静を装い答える。本当は思い返すだけでもむかつくのだが、それを子どもにぶつけるほど、健介は大人げなくはなかった。

「そういえば、まだ名前を聞いてなかったな。俺は時任健介だ」

一緒に帰るのに名前を知らないでいるのも話しづらいと、健介は気持ちを切り替えるためもあって問いかける。

「布施史也《ふせふみや》」

史也はぶっきらぼうながらも素直に名乗った。だが、健介は思わず聞き返してしまう。

「布施？」

父親だと史也が言ったのは阿久津だ。名字が違うにはそれなりの理由があるのに、気遣う前につい反射的に口に出してしまった。

「離婚してっから」

史也は気にした様子もなく、平然と理由を答える。阿久津を名乗っていないのは、母親に引き取られたからだ。だとすれば、一緒に暮らしていない父親を身元引受人に指定したのは何故なのだろう。

「もしかして、母親に連絡しないのは、心配をかけたくないからか？」

思いついた理由を口にすると、史也はさっきまでとは違い、急に口ごもる。

「そういうわけでもねえけど……」

どうやら図星だったらしい。父親と違い、なかなか可愛いところもあるようだ。健介は微笑《ほほえ》ましく史也を見つめた。

「だから、父親か……」

「仕方なくだよ」

同居していない父親に頼っていると思われるのが気恥ずかしいのか、史也は強がった言い方をする。

「いいじゃねえか。父親がいるだけ」

思わず健介の口から本音が零れた。

「いないのか？」

「今のお前よりももっとガキんときにな」

健介の答えに、史也が悪いことを言ったとでもいうかのように困惑した顔をしている。高校生の史也にいらぬ気遣いをさせてしまった。

「悪い。おかしなこと言って」

健介は苦笑いして、史也の肩をポンと叩いた。

「あんまり昔のことすぎて、いないのが当たり前になってんだ。ただ、たまにいたらどうだったかなって思うことがあるだけだ」

言ってしまった言葉は消えない。だから、なんでもないのだと事実を告げる。実際、もうこの年になると子供のときほど胸が痛くなることはないのだが、父親に対して反発する子どもを見ると、つい何か言いたくなってしまうのだ。

史也はまだ気にしているのか、黙り込んでいる。一緒に歩くのに沈黙は気詰まりだ。健介は場が明るくなる話題を探した。

「そういや、立会人ってのは、具体的に何するんだ?」

健介が学生の頃にはそんなものはなかった。というよりも、集団で喧嘩をした覚えがないから知らないだけなのかもしれないが、その役割に興味があった。

「ただ見てるだけだよ」

「そんだけ?」

「俺がいると威嚇になるっていうからさ」

史也の声にはどこか自慢げな響きがあった。この体格は高校生にすれば立派で威圧感があるのだろう。その子どもじみた発想がおかしくて、健介はつい笑ってしまう。

「なんだよ」

馬鹿にされたのかと、史也がふくれる。

「いやいや、その調子だと喧嘩の理由も些細なことなんだろうと思ってさ」

「ガキ扱いしてんじゃねえよ」

ムッとする史也に、健介は笑いを噛《か》み殺す。自分もこんなふうだった。とにかく大人ぶりたくて虚勢を張っていた頃が懐かしい。健介は初対面の史也に過去の自分を重ね合わせ、親近感を抱く。勤務外に押しつけられた仕事だったが、もう嫌な気分はなくなっていた。

他愛もない話をしているうちに、建設現場に到着した。だが、真っ暗で人の気配もない。

「そうだよ。いるわけないっての」

健介は自分に呆れて苦笑いする。もう午後七時を過ぎている。周辺住民への配慮で、音を出す夜間作業はできないはずだった。ここまで連れてきたものの、こうなれば母親の連絡先を聞くしかないかと思ったときだ。

「事務所に行けばいるんじゃねえ?」

史也がこともなげに言った。

「もしかして、最初からわかってたのか?」

「っていうか、当たり前だろ」

史也の口ぶりでは気づかなかった健介が悪いとでも言うかのようだ。こういう少し傲慢《ごうまん》なところは、阿久津と似ている。

「じゃあ、なんでここに連れてきたんだ？」

「ここなら近いから、親が来なくても帰らせてもらえると思ったんだよ」

どうしても母親の名前を言わないために、史也が考えた作戦だったらしい。健介が一緒なのは誤算なのだろう。不本意そうな顔をしている。

「ったく、それで、会社の場所は知ってるのか？」

ここまで来て史也を一人にするわけにはいかない。乗りかかった船だと、次の行き先を確認するつもりで健介は尋ねた。

「そりゃ、俺が住んでたとこだし」

「事務所に住んでた？」

「親父の自宅の一階が会社の事務所になってんだよ」

なるほどと健介は納得した。小さな会社ならよくあることだ。それに建設会社なら外に出て回ることが多いから、広い事務所も必要ないのだろう。だからその自宅部分に史也も住んでいた。両親の離婚が何年前なのか知らないが、当時を思い出させてしまったかと取り繕う言葉を探す健介に、史也が笑う。

「なんて顔してんだよ。そんな昔のこと気にしてねえっての」

健介の気持ちを読んだように史也が言った。

「それに、気にしてんなら、親父を呼べなんて言わねえだろ。もう五年も前のことだし」

「それからも親父さんとはしょっちゅう会ってるのか？」

「しょっちゅうってほどじゃねえけど」

史也は驚くほど素直に答える。離婚に関しては人に隠したい事情があるわけではないのか、両親に対する反感も少ないように思えた。

それからは史也の案内で阿久津の自宅へと向かった。ここからならバスで十分ほどの場所にあると言う。バス停まで歩き、タイミングよく到着したバスに乗り込み、隣り合わせに座った。

「親父さんってのは、どんな人なんだ？」

走り出したバスの中で、健介は問いかけた。阿久津には悪い印象しかないが、史也がぐれもせずに育っているのだ。健介の知らない父親としてのいい面があるのだろう。それを知っておけば、接し方も変わる気がした。

「知ってんじゃねえの？」

「一度会っただけだからな」

「なんかされたろ？」

史也は見透かしたように言った。阿久津には警察官を嫌うような理由でもあるのか、それとも息子だから父親の傲慢な性格を知っていて、健介が嫌な思いをしたとわかるのだろうか。どちらにせよ、そうだと頷くわけにはいかない。あのときは健介に非があったのだ。

「何もあるわけないだろ」

健介は誤魔化したのを悟られないよう窓の外に顔を向けた。すっかり夜の風景だ。どんどん管轄から離れていく。すぐ近所だからと頼まれたのに、ずいぶんと遠回りになってしまった。

健介が黙ると、史也から話しかけてくることはない。黙ったままで時間が過ぎていく。とは言っても十分少々のことで、バスはすぐに目指すバス停へと到着した。

「こっから五分くらい歩くけど」

バスを降りた史也が健介にそう言って、先に歩き始める。健介に自宅までついてこられることは仕方ないと諦めたようだ。史也の案内で住宅街にさしかかる。管轄外の住宅地に用はなく、この辺りには来たことがなかった。健介は物珍しげに周りをきょろきょろと見ながら史也の後ろをついていく。

「あそこが元俺んち」

史也が指さしたのは二階建ての一軒家だ。一階部分が事務所のような造りになっていて、阿久津建設という看板も小さいながら上がっていた。

事務所に明かりはついている。健介がインターホンを押したが、返事はない。史也は軽く肩を竦め、ドアを開けた。

「親父」

史也が戸口から声をかけると、奥のデスクにいた人影が動く。

「お前か」

史也の姿を認めた阿久津が、不機嫌な声を出す。それから、すぐに史也の後ろにいた健介にも気づいた。

「なんだ?」

阿久津は訝しそうに健介に対して問いかけてきた。今の健介は私服だ。職務でないなら、訪ねられる理由が思い当たらないのだろう。

「何度も署から電話をしたんですけどね」

いきなりの訪問になるのも仕方ないのだと、健介はまず前置きした。ここに来るまでの間に悪印象を払拭しておこうと思ったのに、史也に気づいたときの不機嫌そうな声が、ますます嫌なイメージを増やし、言葉はついつっけんどんになる。

「ああ、電話な。鳴ってたかもしれないが、仕事中だったからな」

阿久津は素っ気なく答える。携帯電話なら非通知でない限り、相手の番号が表示される。仕事中でも取引先などの電話には出るはずだから、見ず知らずの番号だと無視をしたのだろう。

「もういいんだろ?」

史也が健介に問いかけてくる。親元に引き渡すという、健介の役目は終わったのではないかと言っているのだ。

「まだだ。事情を話してないだろ」

健介は史也をたしなめた。ただ連れてくるだけでいいなら、玄関先で引き返せばいい。大事なのは史也が何をしたのかの説明と、今後そういったことがないよう、親に注意することだ。

「お前、なんかやったのか?」

阿久津は瞳を細め、健介ではなく史也に尋ねた。

「たいしたことじゃねえよ」

史也はそっぽを向いて答える。このくらいの年なら父親に反発するのはよくあることだ。史也が素直に話したりしないだろうと、健介は代わりに事情を説明した。

「喧嘩ね」

話を聞き終えた阿久津が、馬鹿にしたように鼻で笑う。第一声がそれかと、健介は怒鳴りそうになるのを史也がいるからとなんとか堪《こら》えたのに、阿久津がさらに追い打ちをかけた。

「お前が何をしようが勝手だが、俺に面倒はかけるな」

「そんな言い方ねえだろ」

阿久津が言い終わるかどうかの早さで、健介は怒鳴った。頭に血が上りやすい性格は、警察官になっても直ることはなかった。

「母親に心配をかけたくないから、あんたにしたんだろ。そんな子どもの気持ちをなんでわか

ってやんねえんだよ」

「その前に心配かけるような真似をしなきゃいいだけのことだ」

阿久津の言い分はもっともだが、親としての情が感じられず、健介はますます頭に血が上る。

「子どもは親に心配かけるもんだろ」

「お前は何しに来たんだ？　俺に喧嘩を売りに来たのか？」

完全に呆れた顔の阿久津に、健介はふと我に返る。隣を見ると史也も驚いた顔で健介を見つめていた。すっかり熱くなって史也の存在を忘れていた。さっきまで大人ぶっていたのに、妙に気恥ずかしくて、口を噤《つぐ》む。

「とにかく」

阿久津は改めて史也に向き直る。

「今後、一切俺の名前は使うな」

「使いたくて使ったんじゃねえよ」

慣れているのか、阿久津の冷たい態度に史也も負けていない。こんな親子喧嘩はどうやら初めてではなさそうだ。

「で、お前はいつまでいるんだ？」

阿久津がちらりと健介に視線を向ける。引き渡しも済み、事情の説明も受けた。もう用はないだろうということだ。

「ちゃんと自宅まで送り届けるんだろうな？」

もう今更言葉遣いを変える気にはなれなかった。健介は乱暴な口調で最後の確認をする。

「ああ？　保護者に引き渡すってのが目的なら、もう終わっただろうが」

阿久津は露骨に不機嫌さを表した。事務所にいたのだから、まだ仕事中なのだろう。邪魔をされたと思っているようだ。

「彼はここで生活してるわけじゃない。だったら、未成年を夜間に一人歩きさせないで、ちゃんと自宅に送り届けるのが、親の責任だ」

早口でまくし立てた健介に、阿久津は肩を竦めてみせる。

「そんな可愛い顔に似合わず、細かいこと言うんだな」

この十日で一番嫌いになった言葉をまた蒸し返され、冷静になろうとしていたのに、すぐに沸点に達した。

「馬鹿にすんのもいい加減にしろよ。年食ってんのが、そんなに偉いのかよ」

「何の話だ？」

阿久津が僅かに驚いたような顔をする。

「人をガキ扱いすんなって言ってんだろ」

「ああ、そういう意味な」

意味を理解した阿久津が鼻で笑う。

「可愛いって言われりゃ、ガキ扱いか。単純っていうのか、そういうとこがガキなんだよ」

「てめえ」

健介は手のひらをグッと握り締める。殴りかからなかったのは、史也がいたからだ。呆気《あっけ》にとられて二人を見ているだけの史也の視線が、健介を思いとどまらせた。

「とにかくちゃんと彼を自宅まで送り届けんだぞ。わかったな」

阿久津を睨みつけ言い捨てると、健介は怒りのまま、乱暴にドアを開け、外に出た。夜の風が若干だが健介の熱を冷ます。

阿久津と会うのはこれが二度目で、二度ともこんな調子だ。

相性というのもあるのだろう。商店街のアイドルと言われる健介とて、誰とでも仲良くなれるとは思っていないし、嫌いな人間だっている。その中でも阿久津は最悪だ。絶対に好きにはなれないタイプだった。

金輪際、今度こそ関わり合いになるものかという決意が、歩き出した健介の足を加速させた。

2

「お疲れさまです」

健介《けんすけ》は声をかけながら、交番の中に入る。今日は夕方からの勤務だった。署で制服に着替えてから、三谷《みたに》と一緒にやってきた。

交番には日勤だった佐久間《さくま》と長崎《ながさき》が交替を待っていた。二人とも三十代で、健介にとっては先輩になる。

「お前に客が来てたぞ」

挨拶《あいさつ》を返した後、佐久間が思い出したように言った。健介には心当たりがなく、首を傾《かし》げる。近所の住民は頻繁に健介を訪ねてくるが、それなら佐久間も知っているから、客などという言い方はしない。

「若い男だった」

健介が不思議そうな顔をしていたからだろう。佐久間は覚えている情報を与えてくれたが、それだけでは範囲が広すぎて誰も思い浮かばなかった。

「何か言ってました?」

「いや、いないならいいって、すぐに帰って行った」

だから佐久間も名前を聞く暇がなかったようだ。そんな態度だったのなら切迫した用ではなさそうだし、どうしても会う必要があるのなら、それが誰であれ、また出向いてくるだろう。健介はそれ以上の追及はしなかった。

早速、引き継ぎをして、健介と三谷は勤務に入った。

相変わらず、驚くような事件も起こらず、日本中では物騒な事件が相次いでいるというのに、この町は平和だった。何事も起こらないまま二時間が過ぎ、すっかり夜も更けた。

交番内のデスクに座り、勤務表を書いていた健介は、ふと人の気配に気づいて顔を上げた。

「夜勤なんてあるんだな」

意外そうに言いながら入ってきたのは、二日前に会ったばかりの史也《ふみや》だった。健介は唖然《あぜん》として、すぐには言葉が出なかった。史也は物珍しそうに交番内を見回している。

ジーンズにTシャツを重ね着した史也は、制服姿のときよりも大人びて見えた。佐久間が言ったのは史也のことだったのだと、健介はようやく思い当たった。高校生が訪ねてきていたと言われれば、史也の可能性も考えたが、佐久間は若い男としか言わなかった。史也が高校生に見えなかったのだ。

「いつでもいるもんだと思ってたのに」

「警察官にだって休みはあるっての」

健介はやっと驚きから立ち直り、苦笑して答えた。交番自体には休館日などないから、そう間も多い。

思うのかもしれないが、実際は交替制だし、現場に出ない事務職の警察官には土日が休みの人

「そりゃ、あるんだろうけどさ」

史也はカウンターを挟んで健介の正面に座った。すぐに帰るつもりはなさそうだ。

「わざわざ訪ねてくるなんて、何かあったのか？」

健介は真面目《まじめ》な顔で問いかけた。乱闘に巻き込まれたことに何か関係があるのかもしれないと思ったのだ。

「一人？」

史也は交番内を見回して、問いかける。今は一人だった。三谷は夜間のパトロールに出たばかりで、まだ一時間は帰ってこないだろう。健介がそう答えると、

「ちょうどよかった」

健介の説明に、史也は満足げに笑った。人がいないほうがいいとなると、やはり相談しか考えられない。ほとんど初対面の健介くらいしか相談相手がいないのなら、親身になってやりたかった。父親があれでは相談どころか話すら満足にできないだろう。

史也は健介の正面に座ると、カウンターに身を乗り出してきた。

「彼女、いんの？」

てっきり重大な相談がされるものだと思いこんでいただけに、肩すかしをくらってがっくり

とする。もっとも、これが前振りでここから話に入るのだとも考えられる。それなら恋愛相談だろう。このぐらいの年なら、恋愛に一番興味ある頃だ。

「今はいない」

健介は素直に答えた。隠すことでもないし、いないことを恥ずかしいとも思わない。彼女がいたのはもう三年前のことだ。警察官という時間に不規則な仕事をなかなか理解してもらえない。クリスマスだバレンタインだと、イベントに付き合えないことが多く、それで愛想を尽かされての別れだった。

「だったら、俺と付き合わない？」

史也は予想外なことを切り出してきた。話の流れが唐突で、健介は首を傾げる。

「今、見てのとおり、仕事中なんだけどな。明日でもいいのか？」

相談事に関係して、一人では行きづらい場所があるのかと、健介は問い返す。

「とぼけてんのか？」

「だから何が？」

史也は少し苛立《いらだ》っているように見える。

何を言っているのかわからず、つまりは史也の苛立ちの理由もわからない健介には尋ねるしかできない。

「そういう鈍そうなトコも好みだけどさ」

史也は大人びた顔で苦笑する。これではどちらが年上だかわからない。

「昨日、会ったときからいいなって思ってた。フリーだって言ったろ？　だから俺と恋人として付き合ってみないかって言ってんだよ」

「恋人？」

大声を上げてしまい、健介は慌てて口を塞《ふさ》ぐ。はっきりとした単語が出たおかげで、健介にも意味が理解できた。人に聞かれなかったからいいようなものの、男に口説かれたのは初めてで、しかも相手は一昨日会ったばかりの高校生だ。

健介はカウンターに肘《ひじ》を着き、頭を抱えた。頭がクラクラしてきた。とてもまともに取り合える話ではない。本気だとは到底思えなかった。

「返事は？」

史也がさらに顔を近づけてきて、返答を迫る。

「ふざけるな。仕事中だってのに冗談に付き合ってられるか」

健介は険しい顔ではねつけた。何か真剣な相談事があると思ったから時間を割いたのに、高校生の悪ふざけに付き合う義理はない。

「冗談じゃねえけど？」

本気の視線が突き刺さり、健介は言葉を失う。冗談ならまだしも、本気ならますます答えなど見つからない。

健介の戸惑いを察したのか、史也は表情を緩める。

「返事は急がないから。すぐその気になるなんて、最初から思ってねえし」

「悪いけど、すぐじゃなくても、その気になることはない」

期待を持たせるほうが酷だと、健介は真面目な顔で言葉を探す。

「俺が男だから？」

健介はそうだと頷《うなず》く。年下の高校生だというのはともかくとして、男なのがあり得ない。今までの人生でもこれからでも、自分とは全く無縁の世界だ。

「そうは言うけど、自分でも性癖に気づいてないっての、結構、多いらしいぜ」

高校生らしからぬ言葉に、健介は眉間に皺《しわ》を寄せる。

「どういう意味だ？」

「親父が言ってた」

史也は平然として答える。

「あるときフッと気づいたりするんだってさ。四十過ぎてとかもあるらしい」

「あいつになんでそんなことわかるんだよ」

阿久津に対する悪印象から、あいつ呼ばわりしてしまったが、史也は気にした様子もなく、健介の質問に答えた。

「親父もバイだからだろ」

あまりにもあっさりと秘密を暴露され、健介は絶句する。しかも息子が知っていることにも驚かされた。

だが、これでわかったことがある。阿久津が男の健介に対して、ためらいもなく何度も可愛《かわい》いなどと口にできたのも、そういう事情があったからに違いない。

「親父だって、男もいけるって気づいたの、結婚してからなんだと」

健介の内心の動揺を知らず、史也は話を続ける。

「じゃ、それが原因で？」

健介は史也を気遣い、離婚という単語をかろうじて呑《の》み込んだ。

「そうじゃねえけど」

離婚したと事実を口にするのは平気なのに、原因に関しては口にしたくないらしく、史也は視線を逸《そ》らす。

「ともかく、そういうわけだから、気長にいこうぜ」

「だから、無理だって言ってんだろ」

きっぱりと拒否しているのに史也には通じない。こんな会話ですら楽しんでいるようだった。

「これからもちょくちょく顔見せに来るから」

「用がないなら来るな」

今日はたまたま一人だったが、こんな話を同僚がいるときにされては健介のメンツに関わる。男子高校生に迫られているなど、人に知られたくはなかった。

「いいのか、おまわりがそんなこと言って？」

「なんだと？」

「おまわりさんが相手にしてくれなかったから、非行に走ったって、今度、補導されたら口走るかもな」

奇妙な脅し文句だが、健介にとってはうならせるものがある。健介は警察官なのだ。青少年が非行に走ろうとしているなら、止める責任がある。

「だから、そうならないためにも、顔を見に来るくらいいいだろ？」

健介は溜息《ためいき》を吐く。たったの二度しか会っていないのに、史也はどこをつけば健介が折れるのか、見抜いていた。

「勝手にしろ」

「やった」

史也がようやく子どもらしい顔を見せる。無茶な要求が通ったことに喜ぶさまは、欲しかったおもちゃを与えられた子どもと同じだ。健介はもう笑うしかない。

子どものおもちゃと同じなら、そのうち飽きるだろう。それにいくら通って来られても、健介が全く相手にしなければ、諦めもするはずだ。

「言っとくけど、仕事の邪魔はするなよ」

そこまで子どもではないだろうと思うが、一応は釘を刺す。こんなふうに勤務中に押しかけられて、たびたび話し込まれることになっては、健介だけでなく同僚にも迷惑になるからだ。

「わかってるって」

任せろとばかりに史也は力強く頷いてから、ふと思いついたように尋ねてきた。

「そうだ。どこに住んでんの?」

「警察の独身寮だけど、なんでそんなことを聞く?」

警察官が寮に入るのは義務だ。同僚の中には不便だとぼやく者もいるが、実家では個室のなかった健介にとっては、一人きりの空間を持てるだけで贅沢に思えた。

「仕事が終わってから、家に戻るまでの間なら、話してても仕事の邪魔にならないだろ?」

「署に戻るまでは仕事中だ」

そう答えてから、健介は署に出勤してから、着替えて交番に来ているのだと説明した。

「結構、面倒なんだな」

史也はフンとわかったような鼻を鳴らす。

「まあいいや。邪魔しないようにすりゃいいんだろ。なんか考える」

史也の頭にはここに来ないという選択肢はないらしい。

「この間もそうだけど、今日もこの時間まで外にいて、親は心配してないのか?」

「まだ帰ってねえよ。仕事が忙しいんだ」

ぶっきらぼうに答える史也を見て、健介はふと気づく。史也はただ寂しいだけではないのか。母親と二人暮らしで、その母親が忙しい仕事となれば、家にいてもいつも一人だ。口説くと言っているが、寂しさを紛らわす場所を探しているだけなのかもしれない。

健介は大家族で育った。父親は早くに亡くしてしまったが、それを寂しいと思う暇もないくらい、周囲には人が溢れていた。母親と祖父母、姉が二人に弟と妹が一人ずつ。自分一人の時間など持てないような環境だった。史也とは対照的だ。

突拍子もないことを言い出したけれど、史也に対しては嫌な印象はない。見かけよりもやっぱり中身はまだ高校生なのだと微笑《ほほえ》ましくさえ思える。阿久津と会うわけではないから、たまに交番に顔を見せに来るくらいはいいだろう。にぎやかなのは好きだし、この辺りの住人ならしょっちゅう遊びに来るのだ。それが一人増えるだけ。健介はそう思って、史也の来訪を受け入れることにした。

翌日から史也は頻繁に現れるようになった。確かに来ていいとは言ったが、こうも毎日だとは思わなかったのだ。

「また来たぞ」

交番の表に立っていた三谷が振り返り、笑いながら指摘した。カウンターに座っていた健介が顔を上げると、通りの向こうからまっすぐに交番に向かって歩いてくる史也の姿が、否応なく視界に飛び込んでくる。

だが、史也は健介に向かって挨拶代わりに軽く右手を挙げると、交番の真ん前で足を止め、歩道のガードレールに腰掛けた。そうして自分が納得するまでそこに居続ける。中に入ってこないのは仕事の邪魔はしないと最初に約束したからだろう。だから、中には入ってこないものの、この一週間、こうして自分の存在を誇示するように見える場所にいるのだ。

さすがに一週間も経つと、史也のことが近隣住民たちの間で噂《うわさ》になり始めた。ルックスのせいで、とにかく史也は目立つ。見た目がかっこいいというのは得で、悪い噂にはなっていない。三谷が話したのか、健介を慕って通っているという結論に落ち着き、住民の中にはもっと相手をしてあげろと言い出す者まで出る始末だった。

「ちょっと注意してきますよ」

健介は席を立った。三谷の手前、気恥ずかしさもある。三谷はただ慕われているだけだと思っているようだが、いつ、史也が不用意な発言をしないとも限らない。

「別にいいんじゃないか。真面目に交番に顔を出してるんだ。非行に走る暇がないだろ」

三谷もあの乱闘騒ぎを知っている。史也が巻き込まれただけだということは説明してあるから、気にはしているのだろう。

「でも、まだ学校が終わってない時間っすよ」

健介は壁の時計を指さした。まだ午後一時を過ぎたばかりで、平日のこの時間なら授業の真っ最中のはずだ。

「それはまずいな」

三谷も顔を顰《しか》めた。学校をサボってまでとなると、黙認はできない。三谷の返事を了解ととり、健介は史也に近づいていく。

「毎日毎日、そんなに暇なのか？」

呆《あき》れた顔で史也に話しかける健介に、史也は嬉《うれ》しそうな笑顔を返す。

「暇っていうより、俺の優先順位、ここが一番なだけ」

「物好きだよなあ、お前」

健介もつい笑ってしまうが、慌てて顔を引き締めた。仕事中に来られてもそうそう相手もしてやれない。いくら毎日顔を合わせたところで、せいぜい五分も話ができればいいとこだ。それでも史也は充分らしく、懲りずに通い続けていた。

「で、今日は学校は？」

肝心の目的を言わなければならない。健介は険しい顔で問いかける。

「臨時休校」

史也は焦った顔も見せずに、ぬけぬけと答えた。

「今日は二月十五日だったか？」

健介の問い返しに、史也はニッと笑って返す。

「なんだ、知ってんの？」

「当たり前だ」

最初の乱闘騒ぎのときに、史也がどこの高校なのかはわかっている。創立記念日がいつかくらい、調べるのは造作もないことだ。

「これ以上、学校をサボってここに来るんなら、親父さんから注意してもらうぞ」

「親父に？」

史也はぴくりと眉を上げた。

「親父と連絡取り合ってんのかよ」

「ああ？　んなわけねえだろ」

何を言い出すのかと、健介は眉間に皺を寄せる。何が楽しくて、あんな嫌な奴と連絡を取らなければならないのかとは史也には言わないが、この表情では言っているようなものだ。

「そうしなきゃならなくなるって話をしてんだろ」

健介が言葉を続けると、史也は表情を和らげた。父親に対するライバル心があるのか、史也は父親のことになるとムキになる。

「親父はどうせ何も言わねえよ。親子でも他人って主義の男だから」

健介に釘を刺すつもりだったのかもしれないが、今の言葉には納得させられるものがあった。阿久津《あくつ》のあのときの態度では、子どものすることでも関係ないと言い出しそうだ。

「何も言わないかどうかは、言ってみないとわかんねえだろ」

それでも健介はそう言った。史也がやたらと父親を意識しているから、牽制《けんせい》にはなるだろうと思ったのだ。アパートはまだ建設中だ。その間なら、阿久津に会うのも難しくない。

「わかったよ。サボんなきゃいいんだろ」

阿久津の名前を出したことは正解だった。史也は渋々ながらも納得した。

「よし、だったら、今からでも学校に行け」

ここから駆けつけても最後の授業には間に合うだろう。サボらないと約束したばかりだ。史也は素直に帰って行った。

「ご苦労さん」

交番に戻った健介を三谷がねぎらう。

「やっぱり、時任《ときとう》の言うことなら素直に聞くんだな。他の奴らが注意しても知らん顔してたらしいのに」

「他のって、あいつ、俺のいないときになんかしたんすか?」

健介は驚いて尋ねた。

「お前が休みのときにもこんな時間に来てるから、学校はどうしたって、今、お前がしたみたいな注意をしたんだそうだ。そのときの答えは試験休みだった」

「この時期に？」

「調べたら嘘だったらしい」

苦笑する三谷に、健介も困惑した笑みしか返せない。

高校生といえば友達との付き合いに忙しかったりするはずだ。親しい友達がいれば、放課後に遊ぶ約束もするだろう。だが、この一週間、史也は毎日ここに来ていて、携帯で誰かと電話をしたりメールを交わしているような素振りも見せていない。

口説かれるのは、健介が相手にしなければいいだけの話だし、寂しいのなら話し相手くらいはしてもいい。だが、史也の私生活が気になった。かといって母親に聞くのは、史也がいちばん気にしている母親を心配させることになる。となれば、一緒に暮らしていないとはいえ、父親の阿久津から探りを入れてもらうしかない。

「なんだ、どうした？　浮かない顔して」

三谷が健介の顔色を読む。感情が表に出やすいから、すぐに気づかれてしまうのだ。

「いや、俺が高校んときって、どんなだったかなあって思い出してたんすよ」

「交番に通い詰める高校生の心理が理解できないか？」

健介はそうだと頷く。約十年前に終わった高校生活は楽しかった。勉強は得意じゃなかったが、学校そのものは好きだった。部活動にバイトにと忙しい生活を送っていて、何をするわけでもない交番に連日通うような暇はなかった。どうにかして史也の気持ちを理解したいと思うのだが、うまくできない自分のふがいなさが表情を暗くしていた。

「全く、お前って奴は」

健介の頭を三谷がぐしゃぐしゃと掻《か》き乱す。

「お前がそんなに気に病むことはないんだよ。それにあいつもここに来てるときは楽しそうにしてる。お前のおかげだろ?」

健介の気持ちを軽くしようと、三谷が慰めてくれる。頭に置かれた手の温かさに、健介は口元を緩めた。まるで父親に励まされているかのように感じたのだ。

父親は四十二歳で亡くなった。今の三谷と同年代だ。だから、ついこの年代の男性を相手にするときは、父親だったらこうするだろうかと考えてしまう。少しファザコンなところがあるのは自覚している。

あのとき子どもだった健介も今はもう二十八歳になり、徐々に父親の年齢に近づいている。自分だけが年を取り、記憶の中の父親は年を取らない。追いつくのも時間の問題だ。さすがに同じ年になる頃には、ファザコンは解消できているだろう。

だからこそ父と子の関係には羨《うらや》ましさもあって、つい首を突っ込んでしまいたくなる。史也のことはまだ阿久津に報告するつもりはないが、父親としての阿久津をもう少し知りたいと思った。言い争いをしていても史也は心底、父親を嫌っているようには見えないからだ。

午後の巡回の時間になろうとしている。ちょうどいい。今日は少しコースを変えてみようと思った。健介は制帽を摑《つか》み、三谷に声をかけてパトロールへと出かける。

自転車をゆっくりと漕《こ》ぎ、町の様子に目を光らせる。もっとも喜ばしいことに平和なのはいつもと変わらず、方々で世間話に誘われながら、健介は阿久津が働く現場へと向かった。

朝野《あさの》宅の駐車場には阿久津の軽トラックが停められている。それを横目に見ながら、アパートが見える場所まで来たときだった。

「お前、何年この仕事やってんだ」

阿久津の怒鳴り声が聞こえ、健介は足を止めて、その声に耳を傾けた。

「ネジ一本、釘一本、おろそかにするなって、最初に言ってあったはずだな？」

「けど、釘一本くらい……」

「くらい？」

さらに強い語気で阿久津が相手の言葉尻を捕らえる。相手の男の声も、阿久津とそう変わらないくらいの年に聞こえたが、阿久津とは対照的に力がない。

健介はフェンスに隠れて現場を覗《のぞ》いた。阿久津と向き合っているのは、見るからに阿久津よりも年上の男だった。声から想像できるとおりの覇気のない顔をしている。年下の阿久津に説教をされているというのに、反発した様子も見せていない。対する阿久津は厳しい顔だ。過去に会った二度とも違う、真剣な表情だった。

「そんな性根の奴はこの現場にはいらない。とっとと辞めちまえ」

物騒な状況になってきたと、健介は他人事ながら緊張する。阿久津なら言い出してもおかしくない言葉に思えたが、こんな調子では社員などいなくなるのではないか。健介はその場を動けず、成り行きを見守っていた。

反論する男の声は小さすぎて健介には聞き取れなかった。その代わり、再び阿久津の声が聞こえてくる。

「今日までの日当はちゃんと振り込んでやる」

最後通牒だった。阿久津は本気で辞めさせるつもりだったらしい。それはあまりにも短気すぎるのではないか。現場もまだまだ続くというのに、人手は大丈夫なのだろうか。

男はもう反論もせずに、ヘルメットを外し、その場を立ち去った。あっけない幕切れだった。

そこに入れ替わるように若い男が近づいてくる。初めてここに来たときに阿久津を呼んでくれた男だ。

「社長、また辞めさせるんすか?」

「しょうがねえだろ。ああいう奴ならいないほうがマシだ」

男の呆れたような言葉に、阿久津は怒りが収まらないのか吐き捨てるように答えた。

「納期、遅れますよ?」

「その分、お前らが頑張ればいいんだ」

「辞めさせたの社長なんすから、社長が二人分やってくださいよ」

「とっくに二人分はやってんだろ」

阿久津の声から怒気が消えた。さっきとは打って変わって楽しげな雰囲気になる。どうやら阿久津は社員たちには慕われているらしい。どんなに厳しい言葉で職人を辞めさせても、それは社長に非のないことだと、社員たちは信頼しているのだ。

「でも、大丈夫なんすか？　頼まれて雇ったってのに」

男は急に声音を変え、心配そうに問いかけた。

「心配するな。最初に言ってあんだよ。使いモンにならなきゃ、クビにするってな。俺たちは人様が安心して暮らせる家を造ってんだ。なまくらする奴に用はねえよ」

意外な台詞《せりふ》だった。仕事に対する真剣な思いが感じられる。阿久津が自分のところの社員にこんな嘘を吐く必要はないから、きっと本心なのだろう。この一言だけで、今までの阿久津の印象がガラリと変わる。

「お前も文句あるなら辞めるか？」

「どこに行っても、ここよりは楽そうっすけどね」

「俺の指導の賜《たまもの》だろ。辞めるんなら少しは恩返ししてからにしろよ」

楽しげな声はやがて遠ざかる足音とともに聞こえなくなった。

健介の知らない阿久津の一面を見た。もっとも知り合ってから間もないし、知らない顔のほうが多いのは当然だが、嫌なところしか知らなかったから新鮮だった。

健介はまた父親を思い出した。父親も仕事には厳しい人だった。健介の実家は下町の商店街で総菜屋を営んでいる。祖父母の代から続き、父親もその跡を継いだ。母や姉が手伝っていたのだが、よく怒鳴りつけていたのを覚えている。子供心に自分が怒られているわけでもないのに、そんな父親の姿に怯《おび》えたものだ。

あんなに嫌な奴だと思っていた阿久津に、父親の姿を重ねてしまった。そうなると悪く思えなくなる。毒気を抜かれたとでも言うのだろうか。すっかり史也のことは忘れていた。それに少しでも阿久津の印象を変えられればと思ったのだから、目的は果たしたことになる。健介はそう思い、そっとその場を立ち去った。

翌日もまた史也は顔を見せた。昨日の今日だから、学校には真面目に行っていたようだ。制服姿で学校帰りにやってきた。

「こんなトコに皆勤賞になってどうすんだよ」

健介はいつもの定位置にいる史也に近づいていく。

「そろそろ、俺と付き合ってもいいかって思わない？」

話しかけられたことに嬉しそうに笑った史也はそう切り出してきた。健介は呆《あき》れて頭を掻く。

「ただこうして話してるだけじゃねえか。どうやったらそんな気になれんだよ」

「だからさ、一回、ちゃんとデートしようぜ」

健介は思わず辺りを見回した。幸い、外で話している分には交番の中にまで、会話は聞こえない。三谷も毎度のことなので、特別二人に注意は払っていなかった。

「誰がデートなんてするか」

健介はそれでも声を潜めて、史也の提案を却下した。

「いいだろ。減るもんじゃなし」

「気力が目減りする」

「ひでえな」

そう言いながらも史也は楽しそうだ。顔から笑みが絶えない。

「やっぱさ、俺のいいトコをアピールしたいんだって。一回でいいから。ホテルに連れ込んだりしないし」

まさか高校生から聞かされるとは思わなかった言葉に、健介は絶句する。これまでにもそういうことをしているのか、経験があるのだと匂わされた気がした。

健介のまじまじと見つめる視線に気づき、史也がニヤッと笑う。その笑顔はいつかの阿久津のそれとよく似ていた。

その瞬間、やはり阿久津に注意してもらおうと決心した。冗談で済ますには度が過ぎている。

それに阿久津を見直したこともあって、ちゃんと話せばわかってもらえるような気がしたのだ。

「ろくでもないことしか言わないなら、もう帰れ」

素っ気なく言って交番に戻ろうとした健介を、史也が腕を取って引き留める。

「ごめん。なんかまずいこと言った?」

史也は慌てた様子で問いかける。口説いている最中だから、本気で健介を怒らせたくはないのだろう。

「これから出かけなきゃいけねえんだ。お前の相手をしてられないってことだ」

「ならしょうがねえか」

物足りなさそうな顔はするものの、史也はおとなしく引き下がる。一瞬でも健介を怒らせたかと思ったことを気にしているようだ。素直に帰って行く後ろ姿に、健介はホッとする。

できれば傷つけたくはない。自分から心変わりしてほしいと思っていた。

史也のやってきたのが夕方近かったから、それからすぐに勤務時間は終わった。健介は急いで署に戻り、着替えを済ますと、阿久津の事務所に向かう。

午後七時近くになっているから、現場にはいないだろう。事前に電話をして在宅しているかどうかを確認しようとは考えなかった。前回、全く電話に出なかったことを考えると無駄だと思ったからだ。

署から事務所に向かうには、前回使ったバス停とは違い、駅前が最寄りになる。健介は駅の裏手を通って、反対側にあるバス停を目指した。駅の正面はロータリーもあり、商店街にも続いていて賑《にぎ》やかなのだが、裏手は対照的に人通りの少なさもあって、寂しい雰囲気がある。人と行き交うことのない中、この辺りでは唯一のラブホテルが見えてきた。

あらぬ誤解を受けたくないと、いつもはつい足早に通り過ぎてしまうのだが、今日は違った。

ちょうどカップルが反対側から歩いてくる。薄暗いから顔は見えないが、肩を組んだ姿がホテルを目指しているのだと思わせた。このままだと入り口辺りで彼らと鉢合わせすると思い、健介は足を止めた。中に入るところを人には見られたくないだろうと気遣ったのだ。

カップルは健介には気づかず、ホテルの前で足を止めた。そこで初めて健介はどちらも男であることに気づいた。しかも片方は阿久津だった。

健介は金縛りにあったように動けなくなる。呼吸することさえ忘れた。

一緒にいるのは優しげな顔立ちの若い男だった。阿久津はその腰を抱き寄せ、顔を近づけていく。

キスをしている。顔は見えないが、その角度で明らかだった。

阿久津とはただの顔見知りだ。ショックを受けるのは間違っている。だが、健介は言いようのない衝撃を受けた。

現実に男同士でもそういうことをするのだと、今まで真剣に考えたこともなかった。阿久津はバイだと史也に教えられた。つまり阿久津は男とも体の関係を持つということだ。

男同士でホテルに入っても目的は女性とのときと同じ。ホテルにカップルで入る男女を見ても、今までは妄想などしたことはなかった。それなのに知人だからか、それとも初めて見た男同士のカップルだったからか、男同士の詳しいやり方など知らないくせに、妙な妄想が健介の脳裏に浮かぶ。

健介はしばらくそこに立ちつくしていた。駅に向かう目的も忘れてしまった。

阿久津を嫌な奴だと思っているだけならよかった。中途半端にいい奴かもしれないと思ってしまったために、うっかり父親像を重ねてしまった。だからショックが大きかった。

その日はどうやって寮まで戻ったのか、はっきりとは覚えていない。ベッドに潜り込んでも妄想は消えず、その夜は一睡もできなかった。

阿久津がどうやってあの男を抱くのか。

見たことのない阿久津の裸に知らない男の裸が重なる。阿久津の手が男の肌をまさぐる。よからぬ妄想に囚《とら》われ、体まで熱くなってくる。男同士の行為を想像して、嫌悪を抱かないどころか興奮している自分に驚いた。

眠れないまま朝を迎えた。朝日がカーテンの隙間《すきま》から差し込んでくる。幸い、今日の勤務は夕方からで、これからでも充分に寝られるのだが、結果は同じだろう。

それならと健介は出かける支度をして、署に向かった。署には道場があって、いつも誰かしら稽古《けいこ》をしている。そこで一汗流せば眠れそうな気がしたのだ。

「おう、どうした？」

道場にいた二年先輩で生活安全課の峰岸《みねぎし》が、柔道着姿の健介を見て意外そうな声を上げた。

「どうしたって、俺、先輩よりはここに来てますよ」

「そうだったか？」

健介よりも小柄な峰岸は快活に笑う。

ここにいたのが峰岸でよかった。峰岸は良く言えば鷹揚な、悪く言えば人に無頓着《むとんちゃく》なところがあり、相手の体調や様子に頓着しない。今はそれがありがたかった。

「ちょっと相手してもらっていいっすか？」

「任せろ。俺も重量級に来られるより、お前のほうがありがたい」

峰岸は快く応じてくれ、それから一時間、みっちりと乱取りをした。柔道は体を密着させるだけに、若い峰岸でよかった。阿久津とは似ても似つかない男だから、思い出すこともあらぬ妄想をすることもなかった。

峰岸とは一時間ほど汗を流し、それでもまだ足りないと次に顔を出した三つ下の後輩を捕まえ相手をさせた。そうして、たっぷり二時間、疲れてもう動けないというまで体を動かし、その後は署の仮眠室に潜り込んだ。

疲れるというのは睡眠を得るのには有効な手段だった。健介はなんとか眠ることができ、徹夜で勤務に就くという愚かな真似はせずにすんだ。

夜の勤務のときには史也が待っていることもあるのだが、今日はまだいなかった。後から来るのかもしれないが、まずは顔を見ずに済んだことにホッと胸を撫《な》で下ろす。

どこか面影のある史也を見れば、どうしても阿久津を思い出してしまう。そうすれば、昨日の光景も、そしてあらぬ妄想まで思い出してしまうからだ。

「おい、時任」

肩に手を置かれ、カウンターに座っていた健介はハッとして顔を上げた。知らないうちに肘を着き、そこに頭を埋めて考えに耽《ふけ》ってしまっていた。

「大丈夫か？」

三谷が心配した顔で尋ねてくる。この様子では既に何度も呼びかけられていたのだろう。勤務中に健介が呆《ほう》けているのは珍しいことだった。

「どこか調子が悪いなら無理するなよ」

「そんなことないっすよ」

「そうか？　闇雲《やみくも》に稽古相手を探してたって聞いてるぞ」

朝の道場でのことが三谷にまで知られている。おそらく三谷と親しい誰かが、健介を気遣って知らせてくれたのだろう。

「最近、体を思い切り動かしてなかったんで、なまってたんすよ」

間違ってはいないが、見え透いた健介の嘘に三谷は小さく笑う。健介が頑固で一度言い出したら聞かないことを知っているから、追及は無理だとわかったらしい。

「有休を取るならいつでも言えよ。もうずっと使ってないだろ？」

それでもまだ続く三谷の気遣いに、そこまで様子がおかしく見えるのかと健介は苦笑する。

「ちょうど明日は休みっすからね。充分休養しますよ」

いつまでも心配されているのは居心地が悪い。本当に体調が悪いのならともかく、おかしな妄想のせいで寝不足なだけなのだ。

「それじゃ、巡回に行ってきます」

健介はそう言って話を打ち切ると、立ち上がり外に出た。三谷に見送られ、自転車に跨《また》がっていつものコースへと出発する。

体を動かしていれば、気も紛れる。それに夜間のほうが暗闇に紛れて何が起きるかわからないと、パトロールも慎重になるし、緊張感も大きくて、集中力が高まる。おかしな妄想などする隙はなかった。

コースの途中に公園がある。夜間には人の姿は全くないのだが、夜の公園には危険が潜んでいると、健介は必ず見回ることにしていた。

大きな公園ではないから、まっすぐ通り抜ければ一分もかからない。だが、公園の中に入った途端、足が止まり、軽く一分を過ぎてしまった。

阿久津がベンチに座っているのだ。

時間にかかわらず、健介は毎日ここを巡回しているが、見かけるのは初めてだ。阿久津はベンチに座り、缶コーヒーを飲んでいる。

昨日の今日で気持ちの整理ができていない。できるなら会いたくなかったのに、阿久津が気づいてしまった。いかにもパトロール中で公園に入ってきたとわかるのに、中に進まず引き返すのは不自然だ。

「よお、お疲れさん」

阿久津が気軽に声をかけてくる。これまで二度とも険悪な雰囲気で別れたというのに、少しも気にしていないように見えた。

声をかけられて無視するのも不自然だ。健介はどうすべきか考える。史也のことを阿久津に話したかったから、事務所を訪ねようとしていた。昨日の衝撃で忘れていたが、ちょうどいい機会だ。

健介は自転車を降り、押して歩き阿久津に近づいていく。

「仕事中ですか?」

健介はまずそう尋ねた。阿久津は今日も作業着姿だった。社長とはいえ、いつも現場監督として先頭に立っている。最初に会ったときもこの姿だった。

「終わったとこだ」

自分から声をかけてきておきながら、阿久津の答えは素っ気ない。

「こんなとこで何してるんすか?」

「なんだ?　職質か?」

阿久津はクッと喉《のど》を鳴らす。過去に警察官から職務質問をされた経験でもあるのか、問い方が慣れていた。

「ちょっと一服してただけだ」

そう言って阿久津は缶コーヒーを持ち上げて見せた。

「現場からは遠いんじゃないんすか?」

「帰り道だからな」

阿久津は淡々と答える。どうしてまっすぐ帰らず、こんな薄暗い公園に一人でいるのか。それに現場まで車で来ているはずなのに、その車は近くには見あたらなかった。

阿久津は空になった缶を灰皿代わりにして、煙草《たばこ》を吸い始める。急いでいないらしく、一服はまだ続いている。

「ちょっといいっすか?」

「ああ、愛想笑いでもしてくれるならな」

にやついた阿久津の言葉の意味がわからず、健介は眉間に皺を寄せる。

「だから、そういう顔じゃなくて、可愛い顔して見せろって言ってるんだ。少しは疲れが癒されるだろ」

「あんたなあ……」

また顔のことを言われ、声を荒らげかけたが、またその話で喧嘩《けんか》になれば、史也のことを話せなくなると、健介はぐっと自分を押し殺す。

「俺が言いたいのは……」

「わかってる。どうせ史也のことだろ」

健介の言葉を遮り、阿久津から切り出してきた。

「俺に話すようなことは何もねえぞ」

「日常生活のこととか、何も聞いてないんすか?」

「聞く必要がねえからな」

あまりの素っ気ない答え方に、また頭にカッと血が上る。警察官が息子のことを尋ねているのだ。何かあったのかと気にするのが当然ではないのか。

「一緒に暮らしてなくても、親じゃねえのかよ」

怒鳴りつけた健介に対して、阿久津は全く動じないどころか、鼻で笑う。

「確かに、血は繋《つな》がってるな」

それ以外には親子らしいものは何もないと言いたげな態度だ。

「なんだ? あいつ、また喧嘩でも……」

「そうじゃねえ」

面倒くさそうに問いかけようとした阿久津を、健介は強い口調で遮った。

高校生の喧嘩くらいなら大騒ぎすることでもないし、むしろ元気があっていいと思える。健介が気にしているのは、史也の交友関係だ。親しい友達はいるのか。学校生活を楽しんでいるのか。それを心配しているのだ。

「だったら、あれか。史也に迫られて困ってるって言いたいのか」

「なんでそれを？」

驚くあまり否定することを忘れてしまった。史也くらいの年の少年が、親にそんなことを知られて嬉しいはずがないのに、ごまかせなかった。

「知ってて当然だ。あいつが自分で言ったんだからな。わざわざ訪ねてきて、やっぱり自分はゲイらしいってな。気になる男ができたから、確信したんだとよ」

そのときのことを思い出したのか、阿久津はフッと口元を緩める。嫌みな笑いではなかったが、子どものことを思いやるような笑みでもなかった。

「ガキのくせにいっぱしのこと言いやがる」

息子がゲイになったかもしれないのに、阿久津は全く気にしていないどころか、むしろ楽しそうだ。

「親として、その態度はどうなんだよ。心配じゃねえのかよ」

「心配？　何をだ？」

阿久津がとぼけたように問い返す。

「そりゃ、息子が男に……」

「あいつの問題だ。いくら親子でも、プライベートにまで干渉はしねえよ」

どうあっても聞き入れようとしない阿久津に、健介の中で完全に何かが切れた。

「あなたがそんなんだから、子どももゲイになるんだろ」

「そんなんだから？　どういう意味だ？」

阿久津がぴくりと眉を上げた。怒らせたのかもしれないと思っても、もう止まらなかった。

健介は昨日見た光景を口にする。

「子どもが通るかもしんねえとこにあるホテルに、男を連れ込んでたりするからだよ」

「なるほどな」

阿久津がフンと鼻で笑っただけで、言い訳も誤魔化すこともしなかった。予想外の反応に、健介も何も言えず、二人の間にしばし沈黙が訪れる。

どれくらいそうしていただろうか。沈黙を打ち破ったのは阿久津だった。

「今、何か物音がしなかったか？」

阿久津は急に真面目な顔になり、公園のトイレに目をやった。健介も釣られて視線を向ける。

警察官として不審な物音は見過ごせない。健介が公園に来てから十分近くは経っている。その間、誰も公園には入ってきていないのだから、それより前から誰かいたのだとしたら……。

「見てきます。待っていてください」

健介は警察官の顔になり、阿久津を残してトイレに近づいていく。静かにゆっくりと建物の前に立った。耳を澄ませて中の気配を探るが、何も感じない。もっとも健介たちが気づかれている可能性のほうが高いのだ。中で息を潜めているとも考えられる。

警棒を手にし、足音を立てないよう、健介はトイレの戸口に立った。注意は全て前に向かい、だから、背後への注意を怠っていた。

照明のスイッチを入れた瞬間だった。急に無警戒だった肩を押され、健介の体は前に傾き、つんのめる。体勢を立て直す間もなかった。腕を後ろ手に取られ、そのまま力任せに個室へと押し込まれる。

「誰だ？」

不自由な体勢から、健介は首を曲げて振り返る。笑う阿久津がそこにいた。

「俺以外に誰がいる？　簡単に引っかかりやがって、そんなんで町の平和を守れんのか？」

この言葉でわかった。不審な物音というのは、阿久津の嘘だったのだ。だが、阿久津がなんのためにそんな嘘を吐くのか。健介をトイレに押し込める理由もわからない。

人目のないところで、健介をやりこめようとでもいうのだろうか。体格は阿久津のほうが上だ。健介も日々鍛えているが、肉体労働者の阿久津の筋力は健介を上回っている。それはTシヤツでは隠せない筋肉の盛り上がりでわかる。しかも阿久津はこういった荒っぽいことに慣れているようだった。背中に回された手は全く動かすことができない。これがまだ広い場所なら足を使ってでも抵抗できるのだが、タンクと壁の間に押し込まれ、体には冷たいコンクリートが押し当てられている。完全に動きが封じられていた。

「何するつもりだよ」

「お前はどうも俺を誤解してるみたいだからな。ちょっとわかりあおうかと思ってな」

健介の手を掴んでいるのは右手、空いた阿久津の左手があらぬ場所へと伸びてきた。まさかという思いで、阿久津の手から目が離せない。

「いっ……」

制服の上から大事な場所を強く握られ、痛みに声が漏れる。生まれて初めて他人に握られた。抵抗は痛みと何をされるかわからない恐怖に封じられる。

「動くなよ」

阿久津は耳元でそう囁《ささや》き、さらに手に力を込めた。急所とはよく言ったもので、生理的な痛みに涙が滲《にじ》んでくる。

「いつでも握りつぶせるってことを忘れるな」

効果的な脅しをかけ、阿久津は手の力を抜いた。だが、さっきの痛みがまだリアルに残っていて、健介は動けなかった。それに手はまだ離れていないのだ。

「少しはマイノリティの気持ちを理解させてやるよ」

言葉では意味がわからなかったが、阿久津の手の動きが教えてくれた。今度は力任せではなく、柔らかく揉《も》まれ始める。阿久津は健介を感じさせようとしているのだ。だが、制服のズボンを穿《は》いたままだから厚い布地が邪魔して、快感など訪れない。

「この体勢だと、顔が見えないのが残念だな」

健介が無反応なことは気にならないのか、阿久津の声が耳元で響く。

「快感に悶《もだ》える顔ってのも、またそそるだろ」

「悶えるわけねえだろ。この変態野郎っ」

せめて言葉だけでも抵抗したいと、健介は怒鳴りつける。

「おいおい、心外だな」

少し笑ったような阿久津の声の後、不意に耳に濡れた感触が与えられた。

「あっ……」

予想外の刺激に息が漏れる。

「なんだ、耳が弱いのか?」

「違う……」

否定したものの、その声は自分のものとは思えないほどか細かった。阿久津がわざと喋《しゃべ》りながら息を吹きかけてくるせいだ。耳朶《みみたぶ》を熱い息がくすぐり、これまでに感じたことのない感覚に襲われる。

耳が弱いとは自分でも今まで知らなかった。そんな機会はなかったからだ。くすぐったいような、ぞくぞくするような感覚に、体が勝手に熱くなる。

「いい顔になってきたな」

横顔しか見えてないはずなのに、覗き込んできた阿久津が揶揄《やゆ》するように言った。

「お前がただのおっさんだったり、そこら辺にいるぱっとしない男なら、俺もこんなことをしなかったんだ」

顔を逸らせば負けになる気がして、健介は首を曲げて阿久津を睨《にら》みつける。

「ほら、その顔が俺を誘ってるんだよ」

「勝手なことっ……」

抗議の声は阿久津の手によって遮られた。阿久津は揉むのではなく擦《こす》り始めたのだ。布と一緒に形を思い知らせるように上下に手が動く。耳への刺激で前が無防備になっていたからか、それとも痛みに対する緊張が解かれたせいなのか、健介の中心は明らかにさっきとは違う反応を見せていた。

「いい感じになってきたじゃないか」

触れている阿久津が気づかないはずがない。からかうような響きもまた、健介を熱くした。反論したくても声を出せばおかしな響きを持ってしまいそうで、何も言えない。

阿久津の手は他人のものを愛撫《あいぶ》することに慣れていた。さっきまでとは打って変わり、布越しとは思えないほど、健介を巧みに追いつめていく。

「どうする？　大事な制服に染みができちまうぞ」

阿久津が卑猥《ひわい》な言葉で健介を嬲《なぶ》る。

「言うな」

健介は耳を塞ぐ代わりに言葉で阿久津を黙らせようとするが、全く無意味だった。

「いいのか？　このまま漏らしたみたいな格好で帰ることになっても」

「嫌だ……」

健介はそんな屈辱は耐えられないと首を横に振る。警察官なのに男に拘束され、こんな目に遭わされたなど、誰にも知られたくない。知られるような痕跡《こんせき》は残したくない。だが、悔しいことに健介の中心は、意思を無視して萎《な》えてはくれなかった。

「だったら、しょうがないな」

阿久津の手が一度離れた。けれど、それは解放のためではないとすぐに思い知らされる。

ファスナーを下ろす音がやけに大きく聞こえた。誰のものでもない。健介のズボンのファスナーが他人の手によって下ろされ、下着を割って屹立《きつりつ》が外に引き出される。

生身の肌が外気に触れるが、寒さなど感じなかった。全身が熱くて、汗さえ滲み始めていた。

「はぁ……」

早速とばかりに生の屹立を擦り上げられ、熱い吐息が零《こぼ》れる。布地の邪魔がなくなり、直接触れられたことで、快感がより強まった。

健介の中心は完全に勃《た》ち上がり、先走りさえ零し始めた。健介は自らの左手で口元を塞いだ。そうしなければ、おかしな声を上げてしまいそうだった。

「イキたいんだろ？」

悪魔のような囁きが健介を嬲る。どう取り繕ったところで、体は正直に限界を訴えている。阿久津の手の中でぴくぴくと震え、解放を待ち望んでいるのだ。

阿久津は健介の返事を待っているのか、黙り込んでしまった。そうなると急に静かになり、今までは気にならなかった音まで気になり出す。ぬちゃぬちゃという滑った液体の音は、阿久津が手を動かす度に聞こえてくる。自分が零した先走りが擦りつけられる音だ。耳まで塞ぐことはできず、健介は音にまで追いつめられる。

「な？　感じることに男も女も関係ねえだろ？」

返事を待ちくたびれたのか、阿久津は手を止めずに問いかけてくる。

そんなことは知りたくなかった。男のごつくて固い大きな手に擦られて、自身を昂《たか》ぶらせている。刺激を与えられれば、仕方のないことだと割り切ろうとしても、屈辱と羞恥《しゅうち》が体を熱くし、いつも以上に感じやすくなっている気がした。

「制服に興味はなかったんだけどな、なかなか興奮するもんだ」

阿久津はいやらしい言葉を耳に吹きかけてくる。

「お前はどうだ？　神聖な制服を乱されて、男にまさぐられる感想は？」

喜んでいるはずなどないとわかっているくせに、健介を貶《おとし》めようとでもいうのか、阿久津はやたらと制服を連呼した。

「ふざけっ……んっ……」

否定しようとした言葉は、阿久津の思いがけない行動で遮られた。首筋に何か柔らかいものが当たり、それが阿久津の唇だと吸い上げられてわかった。首筋へのキスなど、これまで誰にもされたことがない。

「あんまり焦《じ》らすのもこいつがかわいそうだから」

阿久津はこいつと言うときに、手の中の健介を軽く握る。

「これくらいにしてやるよ」

先端に爪《つめ》を立てられ、待ちかねていた刺激に、健介の熱は一気に解放へ向かった。

「くぅ……」

低く呻《うめ》いて、健介は阿久津の右手を汚した。

「はえーな」

笑う声が耳元に響く。だが、言葉の内容まで健介には届かなかった。健介は阿久津の体に体重を預け、肩で息をするのが精一杯だった。

カラカラとトイレットペーパーを巻き取る音が聞こえても、健介は動けなかった。いつも巡回している公園のトイレで、男にイカされたショックが健介から生気を奪っていた。

阿久津は手を拭《ふ》いてから、萎えた健介の中心も綺麗にすると、ファスナーを引き上げ、身繕いまで直してくれた。

「いつまでも腰を抜かしてんじゃねえぞ」

阿久津が健介の肩を摑んで、自力で立たせようと力を入れてきた。

「仕事中じゃねえのか」

仕事という言葉が理性を取り戻させた。健介は振り返り、阿久津の胸元を摑み上げる。

「……なんでこんなことをした?」

「ずいぶんと威勢がいいな」

阿久津はクッと喉を鳴らして笑う。

「お前が男同士はありえないって言うからな、誰でもそうなる可能性はあるってことを教えてやったんだろうが」

「体だけのことだ」

男の手でイカされはしたが、男と恋愛関係になったわけじゃない。阿久津の言うことは間違いだと健介は指摘する。

「体から入るってのも、珍しくない」

「俺は違う」

「どうだ……」

阿久津の言葉が途切れる。健介が力任せに顔を殴りつけたからだ。狭い個室の中で大きく腕を振り上げられなかったが、阿久津は衝撃で壁に体をもたれさせる。

「見かけより力があるんだな」

阿久津は殴られた痛みなど感じないのか、感心したように言った。

「ふざけんな」

怒りで声が震えた。だが、阿久津を責める言葉がそれ以上、出てこない。健介は唇を噛《か》み締め、阿久津を睨みつける。阿久津も何も言わず、健介を見つめ返す。

無言の睨み合いに先に音を上げたのは健介だった。まだ巡回の途中だったことを思い出したのだ。捨て台詞さえ思いつかず、黙ったまま個室のロックを外し、外に出る。

すっかり忘れていたが、ここは誰が来るかわからない公共のトイレだ。幸い、誰もやって来た様子はなく、建物の外に出ても、公園内はひっそりと静まっていた。

阿久津は追いかけてこなかった。健介が殴ったせいで唇の端に血が滲んでいたから、それを拭《ぬぐ》ってでもいるのだろう。

自転車まで駆け戻り、すぐに跨り夜の闇の中に漕ぎ出す。とにかく今は一刻も早くこの公園から、阿久津から離れたかった。

腕時計を確認すると、いつもより十五分も遅れていた。パトロールに正確な時間が決まっているわけではない。これくらいなら誤差の範囲だ。特別に何かあれば無線で連絡するが、呼び止められて立ち話をしていることも多いから、三谷が心配するほどの時間は経っていない。

それでも後ろめたさがペダルを漕ぐ足を速くさせた。何かあったと聞かれないようにしておきたかった。

夜になるとまだ少し冷えるが、今はそれがありがたい。火照《ほて》った体を冷ましてくれる。

まさか自分がこんな目に遭うとは思ってもみなかった。もっと抵抗はできなかったのか。防ぐ手段はなかったのか。

今更考えても遅いことばかり考えてしまう。そうしなければ、阿久津の手の感触を思い出してしまうからだ。

「おう、ちょうどいいところに帰ってきた」

交番に着いた途端、外に出ようとしていた三谷と鉢合わせる。健介は一気に現実に引き戻された。

「どうしたんすか？」

いつもと同じように振る舞えているか気にしながら、健介は問いかける。

「酔っぱらいが路上で寝ているって通報だ」

こういう場合は無理矢理起こして自宅に帰らせるか、それが無理なら警察署で酔いが醒めるまで寝かせることになるのだが、どちらにせよ、一人では困難な仕事だった。

本当にちょうどいいところに帰ったものだ。何か体を動かせる仕事があれば、余計なことを考えなくて済む。健介は三谷とともに現場に急行した。

3

寝れば忘れられるかと思ったのに、眠れなければ意味がない。

仕事が終わって深夜に寮に戻ってきたのだが、また眠れない夜を過ごすことになった。どうしても振り払えないのだ。

一昨日は妄想に、昨日は余韻に悩まされた。

今日が非番で本当によかった。眠れないまま、結局、明け方になって酒に手を伸ばした。いっそ、最初から誰かを誘って飲みに行っていれば、馬鹿騒ぎでもして紛らわせられたのかもしれない。だが、もし、飲んだ勢いでうっかり話してしまったらと考えれば、そうしなくてよかったとも思う。部屋の冷蔵庫にかろうじて入っていた缶ビールを二本飲んで、それでも全然足りなくて、コンビニに出かけ買い足して、また飲み続けた。酔っぱらわなければ眠ることができなかったからだ。

もう二度と阿久津《あくつ》と顔を合わせない。健介《けんすけ》さえそうしようとすればできることだが、このまま逃げていいのか。やられっぱなしで逃げ出すのが、警察官としてではなく、男として正しい生き方なのか。そうは思っても、だからどうすればいいのかわからなかった。

結論の出ないまま酒の力を借りて眠りに着いたのは夕方近くで、そのまま朝まで眠ってしまった。おかげで非番明けだというのに、健介は二日酔いの重い体を引きずり、晴れない気分で仕事に出かけることになった。

署について更衣室に向かう廊下を歩いていると、反対方向から後輩の岩尾《いわお》が近づいてくる。

「飲み過ぎですか?」

健介の顔を見るなり、岩尾は冷やかすように言った。岩尾とは課は違っても同じ独身寮に住んでいて、後輩といえど一つしか違わないから、よく食事や飲みにも行く親しい関係だ。だから、岩尾の態度も他の先輩警察官に対するよりも気安い。

「部屋で飲んでたら止まらなくなったんだよ」

健介は苦笑いで誤魔化した。

「だったら誘ってくださいよ」

「お前、弱いじゃねえか」

「先輩よりは強いと思ってたんだけどなぁ」

岩尾は不満げに口を尖《とが》らせる。よく一緒に飲むが、二人とも自分の限界を超えてまで飲むタイプではないから、弱くないだろうということくらいしかわからない。

「あ、そうそう、先輩の地区でアパートを建ててるとこあったじゃないですか」

不意にそんなことを言われて、健介は心臓が止まるかと思った。地区内でアパート建設は阿久津が施工しているところしかない。

「そこ、どうですか？」

「ど、どうって？」

岩尾は何を知っているのだろうかと、邪気のないはずの顔にも裏があるように思えて、声が喉《のど》に絡む。

「俺の友達が引っ越し先を探してるんですよ。駅からは徒歩十五分でしたっけ？　でもバス停が近くにあるし、いいかなって」

岩尾は全く健介の動揺に気づいた様子はない。当たり前だ。一昨日のことは阿久津と健介の二人だけしか知らないことなのだから、岩尾を勘ぐるほうがおかしいのだ。

「いや、俺も中に入ったことはないから」

「そりゃ、そうですよね」

岩尾が快活に笑う。健介は引きつった笑みを浮かべるのが精一杯だった。忘れるためにあんなに酒を飲んだのに、何気なく言った岩尾の一言で思い出されてしまった。

「なんだ、まだいたのか？」

そこに三谷《みたに》がやってきた。これから一緒に勤務なのだが、健介が早めに署に来ていたから、更衣室では顔を合わせていなかった。世間話をしているうちに追いつかれたらしい。

「もういい時間だぞ」

三谷に促され、じゃあまたと健介は右手を上げ背中を向けた。そこへ岩尾の声がかかる。

「ま、治安がいいのはわかってるし、できあがったら見に行かせますよ」

最後まで岩尾は健介に阿久津の影を植え付けた。

交番まで並んで歩きながら、健介は自分から他愛もない話を次々と三谷に差し向けた。黙っていれば、さっきの岩尾のように阿久津に繋《つな》がる話を切り出されかねないと用心してのことだった。

商店街に差し掛かると、健介が何も言わなくても、周囲から声がかかる。ちょうどパン屋の前を通りかかったときだった。

「健介」

店の中から主人の日野《ひの》が現れ、健介を呼び止める。五十二歳の日野には今年大学を卒業したばかりの息子がいる。そのせいか、年の近い健介を息子のようにかわいがってくれていた。

「お前、朝飯、食ったのか？」

「……食ってないっす」

日野の問いかけに、健介は口ごもりながらも正直に答えた。二日酔いと寝ているのに睡眠不足のような状態のせいで、食欲などなかった。

「やっぱりな。だからそんなしょぼくれた顔してんだ。持ってけ」

日野はレジ袋を差し出した。

「焼きたてだ。うまいぞ」

その言葉どおり、香ばしいパンの匂いが鼻をくすぐり、忘れていた食欲を呼び起こす。

「ありがとうございます。いただきます」

健介は笑顔になり、袋の中を覗《のぞ》き込んだ。数種類のパンが今度は視覚で健介の胃を刺激する。

「すげえうまそう」

独り言を呟《つぶや》く健介に、店主と三谷が顔を見合わせて笑う。

「腹減ってるの、思い出したか?」

三谷に問われ、健介は頷《うなず》く。

「まだ少し時間があるから、交番に着いたら先に食べるといい」

「だったら、うちのに熱いコーヒーを届けさせるよ」

日野は健介の返事も聞かずに、店へと駆け戻った。

「お前と一緒にいると食いっぱぐれだけはしなさそうだ」

店主の後ろ姿を見ながら、三谷が苦笑する。健介が今の交番に配属されてから、何かと差し入れが増えた。賄賂《わいろ》にあたるものは受け取れないのだが、明らかにお裾分けといった程度のものならと受け取っている。お寿司を作ったからだとか、おはぎがうまくできたのだとか、毎日のように誰かが何かを届けてくれるのだ。おかげで、健介は寂しい一人暮らしでも栄養の偏りない生活を送れている。

二人は再び並んで歩き出した。ここからなら交番はもう目と鼻の先だ。

「悪いな。先にこいつに朝飯を食わせてやってくれ」

交番に着くなり、挨拶《あいさつ》もそこそこに三谷が夜勤明けの同僚に頼んだ。

「いいですよ。まだ時間じゃないし」

二人の警察官は快く了解してくれる。

「すみません。先輩たちの分もあるんで」

健介はたっぷりパンが入った袋を上げて見せると、ますます喜んで奥の休憩室へと背中を押してくれた。

休憩室はゆっくりくつろげるようにと、四畳半の狭さながら畳の部屋になっている。靴を脱いでそこに上がり、テーブルにパンを並べている途中で、日野の妻の声が聞こえてきた。それに三谷の声が続き、二人が話しながら奥に姿を見せた。

「みんなの分まで持ってきてくれたんだ」

三谷が大きなポットを手にしている。楽に四人分は入っていそうだ。

「そりゃ、みなさんにはいつも健ちゃんの面倒を見てもらってるんだから、これくらいしないと」

日野の妻の言葉に健介だけでなく、三谷も苦笑いするしかない。すっかり立場が逆になっている。

二人のためにコーヒーをカップに入れてから、ポットはまた後で取りに来ると言って日野の妻は帰って行った。店があるからそう長居はしていられないのだ。

まだ交替まで十分ある。その間に健介は食事を、三谷はコーヒータイムとなった。

「休みでもちゃんと休めなかったみたいだな」

向かいに座った三谷が、まだ冴えない健介の顔色を見ながら言った。

「そんなことないっすよ。でも、どこにも出かけずに一日中、部屋でウダウダしてたんで、すっきりはしてないかな」

「ろくな休みの使い方じゃないな」

三谷が呆《あき》れたように笑う。

「たまの休みだと、かえって体がなまりますよね」

「今から仕事人間か?」

三谷の笑顔には健介に不審を抱いた様子はなかった。一昨日とは何も変わっていない。見た目に自分はおかしくない。健介は自分自身にそう言い聞かせる。

朝食を済ませ、引き継ぎをすると、交番内には三谷と二人だけになる。だが、すぐに出かけなければならない。朝から通学通園の子どもたちのために、交差点で通行を見守るのは健介の大事な役目の一つだ。最初は健介が自発的に始めたのだが、今では健介のいないときでも他の警察官がしてくれるようになり、親たちから感謝されていた。

それを終えて健介が帰ってくると、今度は三谷が午前中のパトロールに出かけ、交番に一人になってしまった。誰かいれば注意がそちらに向かうから考えに沈むことはないが、一人だとつい余計なことを考えてしまう。だから健介は交番の前に立った。そうしていれば、常に通行人の目に晒《さら》され、緊張感を持つことができる。

　時折、近所の住民が声をかけていき、時には話し込まれ、そうして穏やかな日常の時間が過ぎていった。昨日のことは夢だったのではないかとさえ思えた。

　遠くから自転車で近づいてくる三谷の姿が見える。もうそんな時間が経っていたらしい。

「お疲れさまです」

　自転車を降りる三谷に声をかけて出迎える。

「今日も何事もなし」

　三谷の報告に健介も笑みを零《こぼ》す。町が平和であることは誰もの望みだ。

「あ、そうそう」

　急に思い出したように健介の横を通りかけて、三谷は足を止める。

「この間のアパートだけどな」

　せっかく忘れていたのに、またたった一言で蘇《よみがえ》る。どうして今日に限って、みんな揃いも揃って同じ話ばかり振ってくるのか。何か勘ぐられているような気がして、健介は表情を取り繕うのが精一杯で相づちさえ打てなかった。

「来週引き渡しらしいぞ」

「……完成したんすか？」

動揺が返事を一瞬遅らせた。けれど、三谷はそれには気づかず話を続ける。

「さっき、朝野《あさの》さんに会ったんだ。迷惑をかけたからお前に伝えてくれってな」

朝野は例の件をまだ気にしていて、情報を仕入れたらすぐさま健介に伝えようとしていてくれたらしい。

「予定より少し早いよな？」

「そうっすね」

三谷の問いかけに、健介は力なく頷く。

「なんだ、嬉《うれ》しくないのか？」

三谷は不思議そうに尋ねる。健介が阿久津に対していい感情を持っていないと知っているからだ。

「そりゃ、嬉しいっすよ」

健介は慌てて答えた。現場がなくなれば、阿久津がこの辺りに来ることはなくなる。会う機会がなくなるのだ。それなのにすんなりと喜べない自分がいる。何故《なぜ》なのか、その理由か健介にはわからなかった。

あれからさらに三日が過ぎた。精神的には落ち着かない日々だったが、現実にはそれまでと変わらない生活だ。

今日も朝から交番に詰めていたが、妙な緊張感で一日がやたらと長かった。

その長い一日を終え、寮まで歩いて向かっていた。徒歩十五分の距離だからすぐに着いてしまう。だが、早く帰って一人になるのも嫌で、自然と足が遅くなる。

こんな自分が嫌だった。どんな形でもいいからすっきりとしたいのに、まだ解決策が見つからない。心のどこかでこのままいつか忘れるまで放っておければいいのにと思う自分もいる。

ふと健介の前を人影が塞《ふさ》いだ。

「よっ、今日は遅いんだな」

聞き覚えのある声に顔を上げると、予想どおり、史也《ふみや》だった。この瞬間まで史也のことを忘れていた。

「こんなところで何してるんだ?」

「何って、今更、そういうこと聞くか?」

健介の問いかけに、史也が呆《あき》れたような顔をする。史也と会っていたのが遠い昔のことのように思えて、健介はすぐには思い出せなかった。そんな健介に苛立《いらだ》ったように、史也が自分から答えを口にする。

「あんたが真面目《まじめ》に学校に行けって言ったんだろ。だから、行きたくもねえのに、修学旅行にも参加したんじゃねえか」

史也は尋ねてもいないのに、この数日現れなかった理由を説明する。

「それが学生の本分じゃねえか」

健介は素っ気なく言って、再び歩き出す。今は史也の相手をする気分にはなれなかった。阿久津の面影のある史也の顔をまともに見られないのだ。

「ちょっと待てよ」

史也も急いで並んで歩き出す。

「疲れてんだよ。お前も早く帰れ」

健介は史也の顔から視線を逸《そ》らしたままで言った。

「なんかあった？」

史也が訝《いぶか》しげに問いかける。

「別に何もねえよ。仕事で疲れただけだ」

「いつもと同じ交番勤務で？」

派手な事件が起こっていないことは、住民の態度でわかる。日頃が平和な町だから、何かあればしばらく大騒ぎになるはずだ。だから史也にもそれがわかった。

「お前が知らないような仕事……」

「ホントのこと言えよ」

大股《おおまた》で歩く健介の肩を摑《つか》んで、史也は健介の足を止めさせ、言い訳を遮る。

「お前にそこまで説明してやる義理はねえよ。ガキは家でおとなしくしてろ」

自分でも顔を顰《しか》めるくらいの嫌な言い方だ。誰に対しても今までこんな口の利き方をしたことはない。阿久津の息子だと思うから、つい考えるよりも先に言葉が出てしまった。

史也の表情も険しくなる。二人の間に初めて険悪な空気が流れた。

「お前ら、何やってんだ？」

緊張を打ち破ったのは、今、もっとも聞きたくない声だった。先に反応したのは史也だ。

「親父……」

史也の驚いた声に、健介はもっと驚愕《きょうがく》した顔を向ける。そこには阿久津が立っていた。しかも一人ではなく、いつか見た、ホテルへの同行者だった若い男が寄り添っている。

夜とはいえ、前回よりも至近距離だ。はっきりと男の顔は見て取れる。あのときと同じ人間だと気づいたのは、特徴のある髪型のせいだった。年は健介と同じくらいだろう。かなりの細身で、ストレートの黒髪が肩に着くくらいに長い。整った優しそうな顔立ちは中性的な雰囲気がある。健介とは正反対のタイプだった。

「また補導されたのか？」

阿久津が呆れたように史也に尋ねた。隣に健介がいるのがわかっているのに、全くこの間のことなど気にもしていないように見える。実際、阿久津にとってはなんでもないことなのだろう。決まった相手がいるのに、健介にちょっかいをかけるような男だ。だが、健介はそうはいかない。責めることもできずに不自然に視線を逸らすだけだ。

「ちげーよ」

史也が子ども扱いされたことにムッとして反論する。

「ああ、そうか。口説いてる最中だったな」

わかったような阿久津の言葉に、史也が顔色を変える。

「いつ、そんな話をしたんだよ」

史也が交互に二人を睨《にら》む。

「いつって……」

健介は上手く言葉を繋げなかった。何も正直に全てを話すことはない。公園で会ったことだけを話せばいいのに、動揺が言葉を詰まらせた。

「一昨日だったか、仕事帰りにな」

健介に代わり、阿久津が平然と答えた。まさかそれ以上は言わないだろうが、あのときのことを思いだし、健介の鼓動は跳ね上がり、体が熱くなる。

「仕事帰りになんだよ」

「なんだ、一人前に妬《や》いてんのか?」

詰め寄る史也に阿久津がおかしそうに笑う。

「ちょっと立ち話をしただけだ。なあ？」

阿久津が健介に同意を求める。さすがに息子にあんなことを言わないだけの常識は持ち合わせているようだ。健介も慌ててそうだと頷くが、史也は疑いの目で二人を交互に見比べる。

緊張は長くは続かなかった。すっかり存在を忘れていたが、阿久津の連れの男がその名を呼びかけ、阿久津の腕に触れたのだ。

「おっと、悪い」

阿久津もようやく男を放っておいたことに気づいた。おとなしそうな男だが、何かこの後に予定でもあるのか、時計を気にしている。

「それじゃ、邪魔者は退散するか」

阿久津はそう言い置いて飄々《ひょうひょう》とした態度で去っていく。酒でも入っていたのか、終始、機嫌はよかった。それとも彼と一緒だったせいだろうか。そして、この後はまたホテルへと向かうのだろうか。健介の脳裏にまたあらぬ妄想がよぎる。

「時任《ときとう》さん」

史也のきつい声の呼びかけで、健介は知らず知らず阿久津を見送っていたことに気づかされる。取り繕うように急いで顔を向けても、史也の表情は緩まらなかった。さっきよりも気まずい空気が流れる。

「親父と何があったんだよ」

史也は健介の両腕を摑み、激しい口調で詰め寄ってきた。何が史也の逆鱗に触れたのか、怒りを露《あら》わにしている。

「何もあるわけねえだろ」

健介は力任せに史也の腕をふりほどき、つっけんどんに答える。

「誤魔化すなよ。何年、親父と親子をやってると思ってんだ」

唐突な史也の言葉に、健介は怪訝《けげん》な顔になる。親子関係が阿久津と健介との間の出来事とどう関係してくるのか。その説明を史也に求めようとしたのだが、

「ちょっと来いよ」

史也が健介の腕を取り、別の場所へと導こうとする。振り払うこともできたのだが、言い争う二人に、通行人が何事かと視線を向けてくるのが気になっていた。それにさっきの台詞《せりふ》が気になるのもあって、健介はおとなしく史也の後ろをついて歩いた。

行き着いたのは、ビルの隙間《すきま》の空間だった。裏通りのさらに奥で、人通りは全くなく薄暗い場所だった。そこでようやく史也は健介の手を離した。

「こんなところまで連れてきて、俺のほうには話すことなんてねえぞ?」

健介は先回りして史也の追及を封じようとした。どんなに問いつめられようが、言えるはずがないのだ。それに対して、史也の答えが返ってこない。

歩道の街灯から差し込む光が、かろうじて互いの表情を見て取れるくらいの明るさを与えて

くれていた。史也は今までに見たどの顔よりも真剣だった。

「付き合いが長いって言ったろ？　親父が手の早いのは知ってんだ。何された？」

史也は一歩足を進め、健介のシャツの襟をグッと引き寄せた。

「このキスマーク、親父がつけたんだろ」

指摘され、健介はハッとして首筋を押さえる。あのときの阿久津の唇の感触を覚えている。きつく吸われたことも忘れていない。自分では見えない位置だから気づかなかったが、健介より背の高い史也からは見えていたようだ。

「やっぱりな」

史也は舌打ちして言った。否定もせずに隠そうとした健介の行動が、阿久津にされたのだと証明していた。

「男は嫌だって言ってたのに、親父ならいいのかよ」

史也が体当たりするように健介をビルの壁に押しつけた。その手がシャツをまさぐり始める。阿久津とのことがなければ、史也が何をしようとしているのかすぐにはわからなかっただろう。だが、一度でも男に欲望の対象として扱われた今は違う。

「史也っ」

我に返らせようと健介は名前を叫ぶが、冷静さを失くした史也には届かない。性急にシャツの中に手を忍ばせようとしてきた。

　二人の体格は史也が少し背が高いだけだ。それなら日々鍛えている健介が負けるはずがない。健介は足を使って史也の足下を掬《すく》い、体勢を崩したところをそのまま地面に押さえつけた。

「冷静になれ。お前がしようとしてんのは犯罪だ」

　体勢は逆転した。健介は史也の体にのしかかり、噛《か》んで含めるように言い聞かせる。

「力ずくで相手を自分のものにして、それでお前は満足すんのか？　お前が俺に求めてたのは体だけってことか？」

　史也が唇をきつく噛み締める。素直に謝ることはできなくても、自分が間違ったことをしたのだと悟った顔だ。健介は体を起こし、史也を自由にした。

「怪我《けが》は？」

　史也が立ち上がるのを助けようと、健介は手を伸ばすが、それを史也に払いのけられる。

「怪我なんてねえよ」

　史也は自力で立ち上がり、そっぽを向いて答えた。馬鹿な真似をしたこと、しかも簡単に健介にやりこめられたことが恥ずかしくて、健介の顔が見られないのだろう。

「親父さんのことはお前の考えすぎだ。これはちょっと悪ふざけをされただけだ」

　少し史也がかわいそうに思えて、健介は言い訳をする。阿久津と健介が関係を持ってしまったと史也は疑い、それで頭に血が上ったのなら、そうでないとわからせればいいのだ。

　悪ふざけ。阿久津からすればその程度のことでしかない。だからこそ、健介と顔を合わせても気まずそうな態度は一切しなかった。そうだとわかれば、もっと気楽になるかと思ったのに、何故だか胸が痛んだ。不思議と阿久津に対する怒りは、その直後だけしかなく、後は何故あんなことをしたのかと理由を知りたいと思う気持ちばかりだった。

「わかった」

史也の声で健介は我に返る。

「あんたが簡単にやられるような奴じゃないっていうのはわかった」

「当たり前だ。現役警察官を舐《な》めんなよ」

史也だけでなく、健介も僅《わず》かだが冷静さを取り戻し、いつものような軽口を叩《たた》くことができた。史也が小さく笑ったかと思うと、すぐに表情を引き締める。

「けど、俺は諦めないからな」

「お前……」

唖然《あぜん》とする健介を残して、史也は立ち去りかけたが、何かに気づいたように足を止めた。

「これ、あんたに」

史也は小さな袋を健介に押しつけ、そのまま走り去った。追いかけようと通りに出たが、史也は全速力で走ったらしく、すぐに背中は小さくなって消えた。

健介は街灯の下に立ち、史也から渡された袋を開けてみる。中にはまりもの形をしたストラップが入っていた。

「修学旅行って言ってたな」

健介は小さく呟く。修学旅行の行き先は北海道《ほっかいどう》だったのだろう。わざわざ健介のためにみやげを買ってきて、それを渡そうと待ち伏せをしたらしい。

後悔が胸に押し寄せる。史也に罪はないのに素っ気なくしてしまった。もっといつもどおりに接することができていれば、史也もあんな馬鹿な真似はしなかったはずだ。

後悔と自分でもよくわからない寂しいような思いが、心を掻《か》き乱す。とてもまっすぐ寮に帰る気になれなかった。一人で部屋にいるとまた考えても仕方のないことばかりを考えて眠れなくなりそうだ。

今日は部屋で飲まずにどこかに行くかと、足を寮とは反対方向に向けたときだった。胸ポケットで携帯電話が鳴り響く。取りだして画面を確認すると、自宅の文字が浮かび上がっていた。

健介が自宅とするのは寮の部屋などではなく、家族が暮らす家だ。マメに連絡を取り合っているから、珍しいことではない。

『健兄ちゃん？』

押し当てた携帯から聞こえてきたのは、甥《おい》で中学三年になる雄大《ゆうだい》だった。生まれたときは一緒に暮らしていたから、おじさん扱いではなく、今も兄のように慕ってくれている。

「おう、どうした？」

『明日から修学旅行に行くんだ。おみやげ、何がいい？』

修学旅行という単語を史也と同年代の雄大が口にしたことで、一気に現実に引き戻される。

「修学旅行って、この時期だったか？」

『そうだよ。前に帰ってきたとき、お小遣いくれたのに……』

雄大が不思議そうに答える。そう言えばそんなこともあった。先月の終わりに帰ったときのことだ。いろいろありすぎて、すっかり忘れていた。

「俺のことはいいから、お前の好きな物、買って来いよ」

『絶対、そう言うと思ったけど』

楽しげに笑う雄大の声を聞いていると、つい史也と比較してしまう。にぎやかな家族に囲まれて暮らしている雄大と、仕事で留守がちな母親と二人きりで暮らす史也。そのせいだけではないのだろうが、史也にはどこか寂しげな陰がつきまとう。

健介はジーンズの尻ポケットを探る。中には史也にもらった紙袋が入っている。史也は旅先でまで健介のことを考えていてくれたのだ。

電話を切った後、健介は静かに携帯にストラップを取り付けた。


史也が姿を見せなくなって三日が過ぎた。諦《あきら》めないなどと言っていても、さすがにそんなすぐには顔を合わせられないのだろう。若いからこそその激情もあったとは思うが、父親に対するライバル心も大きかったに違いない。つまり激情に駆らせた責任は健介にもあるのだ。まだ阿久津への不可解な感情の正体は判明していない。体から入るなど冗談じゃないと思っているのに、阿久津を嫌いにはなれないのだ。それが不思議だった。

健介はいつもどおりの交番勤務に就いていた。三谷が巡回中で、今はしておくべき仕事もないが、じっとしていられず交番の前に立つ。通勤通学の時間帯を過ぎると、それほど人通りはなくなる。落ち着いた静かな町だ。そこに視線を巡らしていると、ふと見覚えのある男と目があった。向こうも健介に見覚えを感じたらしく、こちらに向かって歩いてくる。

「こんにちは」

男は健介の正面まで来て、笑顔で挨拶した。阿久津と一緒にいた男だ。紹介されていないから名前は知らないが、見かけるのはこれが三度目になる。

できれば黙って通り過ぎてほしかった。健介が望んだのではなくても、阿久津にあんなことをされた後ろめたさが、男と視線を合わせるのを躊躇《ためら》わせた。

「おまわりさんだったんですね」

健介の制服姿に男は意外そうに言った。優しげな顔立ちとよく似合った柔らかい声で、性格も穏やかそうに感じさせる。それに向けられた笑顔が健介の緊張を解きほぐした。

「見えないっすか?」

健介にも笑って答えられる余裕ができた。制服がなければ警察官には見えないとはよく言われることだ。

「制服はばっちり似合ってます」

言葉を交わすのは初めてだというのに、人見知りをしない性格らしく、男は気さくな口調で褒めてくれた。阿久津の男の趣味は悪くないようだ。直感でいい奴だと思った。

「お仕事っすか？」

スーツ姿に細長い筒状のものを抱えているのが気になって、健介は尋ねた。

「図面を見せに行った帰りです。設計士なんですよ」

男は胸ポケットから名刺を取りだし、健介に差し出す。受け取ったそれには、設計事務所の名前と一級建築士という肩書きに並んで、近藤《こんどう》修吾《しゅうご》という名前が印刷されていた。阿久津と知り合ったきっかけも仕事だったのだろうと容易に推測できる。近藤は自分と同い年くらいだろうと予想していたのだが、一人前の設計士なら見た目以上には年上なのかもしれないと思った。

名刺を持たない健介は名乗ってから、質問を続けた。

「今のアパートも？」

「いえ、俺は商業施設専門なんで」

「お若いのに、すごいですね」

健介は心底、感心して言った。

「一人前っていうには、まだまだです」

近藤ははにかんだような笑みを見せてから、健介を戸惑わせる単語を口にした。

「でも、どうにか仕事できているのは、阿久津さんのおかげかな。最初の頃は一般の住宅も設計してたから」

近藤が何気なく言った名前に、健介の鼓動は跳ね上がる。もし、健介が二人の関係に気づいていると知っていれば、名前など出さなかったのだろうが、知らないのだから仕方ない。

「阿久津さんにはかなり絞られましたから。絶対に妥協はしないんですよね。でもだからこそ、仕事は間違いない」

当時を懐かしむような口調で、近藤は自分のことのように阿久津を自慢している。

「それでなんすかね。この間、怒鳴ってるところにたまたま出くわしましたよ」

それから健介は現場で職人を解雇していたことを詳しく話した。

「阿久津さんらしいや」

近藤は小さく笑う。阿久津にとっては珍しいことではないらしく、昔から変わっていないようだ。

「俺もよく言われたな。人が住む家を作れって」

近藤の答えに健介は首を傾《かし》げる。設計士が人の住む家を造る。それは当たり前のことだ。わざわざ指摘する意味がわからない。

「つい、デザインに走りがちになるんですよ。自分の思いついた斬新なアイデア、目の引くデザインを取り入れようって」

「それはまあ、そうなんじゃないっすか」

制作者側の気持ちはよくわからないが、デザインをする立場となれば、当然そういうこともあるだろうと健介は相づちを打つ。

「でもね、実際、デザイン性に富んだ家って、住みづらい部分も多くて、安全性に問題があったりするんです」

「けど、そういう家って、よくテレビとかで取り上げられてますよね？」

健介の素朴な疑問に近藤は苦笑いして頷いた。

「だから、デザイナーはやりたくなるんです」

素人ながら、その気持ちがわかる気がした。マスコミに取り上げられれば自慢になるし、次の仕事に繋がる宣伝にもなるだろう。

「阿久津さんが言うのは、安心して長く住み続けられる家を造ること。凝ったデザインほど飽きが来るのが早かったり、年を取ってからは住めなかったりしますからね」

仕事に対する阿久津の姿勢は、目撃した場面だけでもわかっていたつもりだったが、親しい近藤から聞かされると信憑性《しんぴょうせい》が増す。

「悪い人じゃないんですよ。ただ本人が誤解されることをなんとも思ってないっていうか」

は言えない。

そこに近所に住む女性が明らかに健介に用があるらしく、まっすぐ交番に近づいてくるのが健介の目に映った。近藤もそれに気づき、

「すみません。仕事中に長話しちゃって」

「こっちこそ、足を止めさせてすみませんでした」

二人で頭を下げ合い、それがおかしくて笑い合う。阿久津の恋人でなければ、近藤はいい友達になれそうだった。

「それじゃ、また」

近藤は軽く会釈して去っていった。

入れ替わりにやってきた女性は、ただ病院の休診日を知りたいだけだった。交番の壁には近隣の病院の電話番号と診察日と時間が表にして貼られている。それを確認した女性は今からなら間に合うとすぐに駅に向かった。

また一人になってしまった。しかも近藤と会っただけでなく、話までしてしまった。そうなると阿久津のことを考えずにはいられない。

「誤解、っすか？」

最初の騒動は誤解でも、その後、阿久津が健介にしたことは事実だ。けれど、それは近藤に

いったい、阿久津の何を知りたかったのか。ただの挨拶で終わらせればよかったのに、気づ

けば自分から阿久津のことを聞き出そうとしていた。

もしこのまま阿久津と会わずにいれば、いつかは忘れてしまうだろう。完全に忘れることができなくても、記憶は薄れていくものだ。大好きだった父親の面影さえ、自分に都合のいいものにすり替えていたように、阿久津のこともただの通りすがりの人間程度に記憶を置き換えられるかもしれない。あくまでこのまま会わずに済ませられればだ。だが、運命は健介にそんな楽な方法を選ばせてはくれなかった。


近藤と会ってから二日が過ぎた。その間、阿久津とも史也とも会うことはなかった。ホッとする気持ちと、物足りないような気持ちが健介の心の中で入り交じる。

「じゃあ、頼んだぞ」

「はい、いってらっしゃい」

午後からのパトロールに出かける三谷を見送ってから、健介はカウンターに戻ろうとした。今日は珍しくずっと慌ただしく、日報をまだ書いていなかったのだ。

「こんにちは」

交番の外で誰かが三谷に話しかけているのが、健介にも聞こえてきた。少し遠くて、誰の声なのかまでは聞き取れない。

「どうされました？」

三谷の答える声が続く。親しげな雰囲気はない。誰か道でも尋ねに来たのだろうか。それなら出かける三谷ではなく、自分が出て行くべきだ。そう思い、健介は交番の外に出た。

三谷と並んでいる男が、すぐには誰だかわからなかった。初めて見るスーツ姿だったからだ。

「ああ、中にいたのか」

健介に気づいた阿久津が、気安く話しかけてくる。

「なんだ、お前の知り合いだったのか」

三谷は納得したように呟き、それなら任せても大丈夫だと判断し、そのまま自転車に跨《またが》ってパトロールに出かけてしまった。

阿久津は図々しく交番の中にまで入ってきて、カウンターの前にある椅子に勝手に座った。

「何の用だよ」

素っ気なくする以外、どんな態度で阿久津に接すればいいのか、健介にはわからない。警察官にはあるまじき態度だが、阿久津は平然として、用件を切り出した。

「お前に朗報だ。さっき、引き渡しが終わった」

「それでその格好かよ」

「最初と最後くらいはな。似合うだろ？」

得意げに言うだけあって、実際、よく似合っていた。この姿だけを見れば、普段は作業着を着ているとは思えない。やり手のエリートサラリーマンにも見えてしまう。

「そういや、最近、あれは来てんのか？」

珍しく阿久津のほうから、史也のことを切り出してきた。一瞬で健介は表情を暗くする。

「なんかあったのか？」

いつか史也にされたのと同じ質問を、今度は阿久津が投げかけてくる。

「別に何も……」

襲われかけたなどとは、父親には話せない。健介は不自然に視線を逸らして誤魔化した。

「その気がないなら、期待を持たせるな」

阿久津が険しい顔で健介を諭す。

「期待なんて、俺は……」

「本当にそうか？」

阿久津の視線がデスクの上に置いていた健介の携帯電話で止まった。

「それ、あいつにもらったんだろ？」

問われているのはストラップのことだ。まりもの形が北海道みやげだとすぐにわかる。息子に興味がないようなことを言いながら、修学旅行に行ったこともその行き先まで阿久津は知っていた。

「少しでもあいつに可能性があるのか？」

「いや、それは……」

言い淀《よど》みながらも健介は否定する。史也の気持ちに応えられるとは到底、思えなかった。

「だったら、それは外すんだな」

「でも、わざわざ買ってきてくれたのに」

健介は携帯を取り上げる。ストラップの小ささが、史也の精一杯の自己主張に思えた。だから、気持ちは受け入れられなくても、これくらいならと思ったのだ。

「ただでさえ、頭に血が上りやすくてその気になりやすい年頃だ。プレゼントを付けてくれりゃ、喜ばれてると思うだろ」

確かに阿久津の言うことは正論だと、指摘されて気づく。自分でもきっぱりと拒絶しなければいけないと考えていたのに、ほだされていた。

「あいつもまだ若い。今は辛《つら》くても、すぐに立ち直れるさ」

初めて阿久津が史也を気遣うようなことを口にした。そんな阿久津の父親らしい姿に、健介は見とれてしまう。

「なんだ?」

黙ってしまった健介に問いかける。その声が思いの外、優しく聞こえて、また父親の姿がだぶった。だから、つい素直になる。

「これは外す」

健介の口からぽろりと言葉が出ていた。

「いい子だ」

阿久津がフッと口元を緩め、健介の頭にポンと軽く手を置いた。完全に子ども扱いされているのに全く腹は立たなかった。

「お前にはガキの子守は似合わない」

唐突な言葉に健介はきょとんとした顔になる。

「付き合うなら俺みたいな大人の男にしておけ」

急に何を言い出すのだと、唖然として言葉を返せない健介に、

「それじゃ、またな」

アパートも完成した今となっては、会うことなどないはずなのに、阿久津はそんな言葉を残して去っていった。

結局、あの日のことはどちらも何も言わなかった。その代わりに思わせぶりなことを匂わされる。おかげで、ますます阿久津のことが頭から離れなくなった。

4

「最近、あいつを見なくなったな」

三谷《みたに》がふと思い出したように言った。健介《けんすけ》が交番の前にある掲示板のポスターを貼《は》り替える作業をしているときだ。健介を見守っていて、いつも史也《ふみや》がいた場所に目がいったのだろう。三谷は歩道のガードレールを見つめていた。

「さすがに飽きたんじゃないすかね。俺もそうそう相手をしてやれないし」

健介も手を止め、誰もいないガードレールに目をやる。史也が顔を見せなくなって、今日で十日だ。健介の言うように飽きたのなら、それに越したことはないのだが、もし落ち込んでいたらと思うと、本当は気が気でなかった。健介から連絡を取ろうにも、知っているのは通っている学校だけだ。史也自身の携帯番号も自宅住所も知らない。

阿久津《あくつ》に聞いてみようかとも思ったが、気を持たせるような真似をするなと怒られるだけだ。大人になってからは、軽く窘《たしな》められる程度のことはあっても、怒られることはほとんどなくなった。だから、阿久津に厳しい口調で叱《しか》られたのは新鮮だった。

実は阿久津がアパートが完成したと報告に来た翌日、健介はパトロールのコースを変え、こっそりとアパートを見に行ったのだ。近藤《こんどう》から話を聞いていなければ、野暮ったいと思ったかもしれない。それくらい、なんの変哲もない外観だった。大事なのは暮らしやすさに安全性。確かにそうだ。建物の外観など、住んでしまえばじっくりと見ることなどない。室内でどれだけくつろげるかが大事なのだ。

阿久津と会ってから、もう五日が過ぎているのに、まだこうして頭に置かれたあのときの手のひらの感触を思い出している。最後に匂わされた思わせぶりな言葉も、何度も頭の中で繰り返されていた。

「終わりました」

健介は頭を振り、思考から阿久津を追い出した。

「お疲れさん。それじゃ、少し早いけどついでに巡回に行ってくるか？」

「そうっすね」

三谷に促され、健介は制帽だけを取りに戻ると、すぐにまた外に出て、自転車に跨《また》がった。

春の昼下がり、慣れ親しんだコースを巡回していると、この一カ月の出来事が夢だったかのように思えてくる。

何事もないまま最後に駅前商店街に差しかかったとき、商店主たちが四人集まって深刻な顔で井戸端会議をしている現場に出くわした。世間話に花を咲かせているのは珍しくないのだが、真剣な顔はそうあることではない。

「こんにちは」

何があったのかと、健介は声をかけながら近づいていく。

「ああ、健ちゃん、いいとこに来たわ」

真っ先に応じたのは精肉店店主の安田房江《やすだふさえ》だ。七十歳になってもまだまだ現役で、商店街のリーダー的存在だった。

「大変なのよ、知ってる？」

今度は洋品店を夫婦で営む宏美《ひろみ》が、我先にと報告しようとする。

「どうしたんすか？」

健介は誰にというわけでもなく問いかけた。噂話《うわさばなし》も住民が何を考えているかを知る大事な要素の一つだと、健介は時間があれば話に耳を傾けていた。

「ほら、あそこのアパートを建てた会社……」

「阿久津建設っすか？」

健介は宏美の言葉を遮り、確認を求める。阿久津のことが頭から離れない状況で、その名前を口にするのが妙に気恥ずかしかったが、噂になる原因が気になり、先を促した。

「そう、その阿久津建設がね、欠陥住宅を作って問題になってるそうなのよ」

「欠陥住宅？」

すぐには信じられずつい驚いた声を上げてしまった。近藤から阿久津の仕事に対する姿勢を聞かされたのは一週間前のことだ。

「子どもがインターネットで見たらしいのよ。ちゃんと阿久津建設の名前も出ていて、被害者の住宅写真もあるんですって」

宏美には高校生の息子がいる。その息子にしてみれば、何かの拍子に見覚えのある建設会社の名前を見つけ、なんだろうと思って見ただけに違いない。阿久津という名前はそうある名前ではないから目に付きやすい。そこで目にした記事が思いがけないもので、母親にすぐ報告したというわけだ。

「それでね、知らせたほうがいいかしらって相談してたのよ」

「知らせるって誰に？」

「あそこのアパートも心配じゃないの」

健介の問いかけに房江が代表するように言った。人情味溢《あふ》れる町だけあって、興味本位に噂をしていたのではなく、心配してのことだった。まだ住人は入っていないが、その前に調べておいたほうがいいだろうということだ。

房江たちは阿久津建設が欠陥住宅を作ったのだと信じている。よほどネットの情報に信憑《しんぴょう》性《せい》があったようだ。

「言ったほうがいいよねえ」

房江が健介に意見を求める。オーナーとは顔見知りだから、今からでも教えたほうがいいのか、それともそんな噂を知らせず心配させないほうがいいか、房江たちにも判断できないでいるらしい。

「でも、まだ噂があるってだけっすよね?」

「そうだねえ、まだ裁判とかいう話じゃないんだろう?」

房江が噂を持ち込んだ宏美に尋ねる。

「そう言えば、そんなことは書いてなかったわ」

宏美も少し冷静になり、思い出しながら答えた。息子から聞いただけでなく、その噂の出所となったサイトを見たようだ。

「俺がちょっと様子を見てみますよ」

「それじゃ、健ちゃんに任せようか」

警察官である健介に情報を知らせたことで、安心したらしい。それで井戸端会議は終了となり、それぞれが営業中の店へと戻っていった。

大変な噂を聞き、交番に戻る足が重くなる。警察官としてそのままにはしておけない。噂が真実かどうなのか。それを確かめなければ、アパートのオーナーに知らせることもできない。

「ただいま戻りました」

交番に戻った健介は、難しい顔のままで制帽を脱ぐ。

「おう、どうした?」

出迎えた三谷もすぐに健介の表情に気づき、訝《いぶか》しげに問いかけてきた。

「欠陥住宅って、具体的にどんなふうになってんすかね？」

「床が傾いてるとか、必要なだけの柱が入ってないとか、そういうことだろう」

「見た目じゃわかんないんすか？」

「見てすぐにわかるくらいなら、施主も引き渡しに応じないんじゃないか？」

だから住み始めてから気づき、問題になるのだと三谷は付け加えた。だとしたら、建築中のアパートを健介が外から見たところで、欠陥があるのかどうかなどわからない。

「そういう相談でも持ち込まれたか？」

「それなんですけどね」

三谷にまで隠しておくべきことではないし、三谷の意見も聞いてみたかった。健介は仕入れてきたばかりの噂を話して聞かせた。

「しかし、お前はよくよくあそこと関わりがあるんだな」

話を聞き終えた三谷は、感心したように言った。

「今度のは関わりってほどじゃないですよ」

「でも放っておけないんだろ？」

図星を指されて健介は言葉に詰まる。阿久津だからではなく、管轄内にあるアパートがもしそんなことになったらという心配からだ。

一日中、気になって仕方なかった。夕方になって交替の警察官が来たときには、走って署に戻ったくらいだ。それから急いで着替え、また走って寮に帰った。

自分の部屋に飛び込むとすぐ、健介はパソコンの電源を入れる。たまに調べ物をするときに使うくらいだが、パソコンおたくの先輩が古い機種を譲ってくれたのだ。親切にもインターネットに接続できるよう設定までしてくれた。

健介はパソコンの前に座り、阿久津建設の名前で検索をかける。すぐにわかるくらいのところになければ、主婦の息子も気づかなかったはずだ。案の定、問題のサイトにはすぐに行き当たった。

無料で借りられるブログだった。主の名前は明らかに架空の名前で、個人を特定できるものではない。記事では住宅の欠陥箇所を写真で掲載し、非道な仕業だと阿久津建設を責めている。写真だけを見れば、おかしいところだらけだ。雨漏りのせいで変色してしまった壁紙、明らかにへこみが見える床、外壁にもヒビがある。合成写真のようには見えないから、実際にこんな住宅があることは確かだろう。それが阿久津建設のものだとする証拠は、契約書の署名だ。ブログ主は契約書まで写真で掲載していた。家主の名前はモザイクで隠されているが、阿久津の名前だけははっきりと見えている。

全く何も知らない建設会社がしでかしたと言われているのなら、健介でも信じたかもしれない。だが、少しとはいえ健介は阿久津を知っている。自分の目で感じた阿久津なら、こんなことはしないはずだ。ただそう言い切るだけの根拠がなかった。

　健介は開いていたブログを閉じた。あまりパソコンやネット事情に詳しくないから、検索で出たところを見るだけで、それ以上は何もできない。噂の出所を自分の目で確かめただけだった。

　他にも何かできることはないのか。健介は考えた挙げ句、しまっておいた名刺を探し出した。近藤からもらったものだ。

　どうしても今のブログが信じられない。だから、確かめたかった。けれど、いくら阿久津のことだとはいえ、本人には尋ねられない。それならば、阿久津に親しく、同じ業界にいる近藤なら何か知っているのではないかと思ったのだ。

　名刺には会社の番号しかなかった。もう午後八時を過ぎていて、帰宅しているかもしれないが、他に連絡の取りようがない。健介はだめもとで携帯から近藤の会社の番号に電話をかけた。

『はい、新橋《しんばし》設計事務所です』

　呼び出し音は三回で途切れ、応答に出たのは若い男の声だった。近藤に取り次ぎを頼むため、まず健介が名乗ると、

『あれ、もしかして、この間のおまわりさん？』

　問いかける声をよく聞けば、近藤のものだった。名刺を渡したとはいえ、まさか健介から電話があるとは思ってもみなかったのだろう。驚いているのが声でも伝わってくる。

「お仕事中にすみません。阿久津さんについて少しお聞きしたいことがあって」

忙しいだろうからと、余計な前置きはせずに健介は阿久津の名前を出した。それに対して近藤の反応は早かった。

『ちょっと出られますか?』

問いかけてくる近藤の声には緊迫感があった。近藤も阿久津建設の噂を知っていると、健介は確信した。

「俺は大丈夫です」

さらに健介は仕事が終わって今は寮にいるのだとも付け加えた。

『俺もすぐ出られるんで、どこかで待ち合わせをしましょう』

近藤は声を潜めた。事務所には他にも人がいるらしい。それに雇われの身なら、仕事に関係のない人間を事務所に招くわけにもいかないだろう。どうやら電話では済まない話が、近藤にはあるようだ。

事務所の場所は名刺でわかる。健介はその近くまで自分が出向くと言うと、近藤はそれならとわかりやすい近所の公園を指定した。

健介は電話を切り、急いで外に出た。管理人に自転車を借り、夜の町へと走り出す。約束の場所にはバスを乗り継ぐよりもこのほうが早い。少しでも早く事情を知りたかった。

近藤の事務所は管轄内にはないのだが、それほど遠くもなかった。自転車を二十分走らせると、指定された公園が見えてきた。

人気《ひとけ》のない夜の公園に、ベンチに座る近藤がいる。

「すみません、こんなところにおよびだてして」

健介の姿を認めた近藤は、立ち上がり申し訳なさそうに頭を下げた。どこか店を指定しなかったのは、人に聞かれないための配慮だということは健介にもわかる。噂をこれ以上、広めたくないのだろう。

「阿久津さんのことはどこで知りました？」

並んで座ってから、近藤はすぐに話を切り出してきた。

「近所の人が教えてくれたんすよ。それで、俺も気になったんで、さっきネットで見て……」

健介は簡単に事情を説明する。

「早いですね。俺が知ったのは昨日です」

近藤は少し驚いたように答えた。同じ業界だから話が入るのが早いかと思ったのだが、そうでもなかったようだ。

「時任《ときとう》さんもわざわざ俺に電話をくれるくらいだから、信じてないんですよね？」

そう言いながらも近藤は健介の真意を探るような視線を向けてくる。警察官だから信用していいはずだという思いと、事件の捜査として事情を聞きに来た可能性も考えているのかもしれない。

「阿久津さんのイメージに合わないっていうか、近藤さんから話を聞いたばっかりだったし」

健介が正直に答えると、近藤は緊張が解けたのか、顔の強張《こわば》りを解いた。

「世間話もしておくもんですね」

近藤は柔らかい笑みを浮かべる。偶然出会い、交番の前で立ち話をしたときのことを言っているのだ。健介も頷《うなず》き、釣られて笑う。

「阿久津さんがそんなことするはずありません」

近藤は改めて表情を険しくする。どうやら健介を呼び出したのは、警察官である健介に、そういった誤解を与えたままにしておきたくないという意味があったらしい。

「あのブログはどうなんすか？」

健介は疑問を解消すべく尋ねた。ブログには何枚もの写真が証拠として上げられていた。実際にそれを阿久津が施工したのかどうかはともかく、どこかに欠陥住宅が存在していることは間違いない。契約書は写真だから加工すれば、偽物は作れる。

「誰かが阿久津さんを陥れようとしてるんです」

何か根拠があるのか、近藤は力強く断言した。

「心当たりがあるんすか？」

健介の問いかけに、近藤は悲しげな顔で首を横に振る。

「ああいう性格だから」

健介もああと頷く。表だって揉め事にはならなくても、恨みを買っているだろうことは想像にたやすい。この間、いきなりクビになった男も、その場はおとなしく引き下がっていたようだが、腹を立てていてもおかしくないのだ。

「それに、誰かがあのブログのアドレスを、阿久津さんのお得意先や取引先にメールで教えてるんです」

近藤が言い切った根拠はここにあった。恨みがなければ、そこまではしないはずだ。

「阿久津さんには言ったんですよ」

「……会ったんすか？」

声が予期せずに喉《のど》に絡む。忘れていたが、近藤は阿久津とそういう関係にあるのだ。頻繁に会っていて当然だった。

「この噂を聞いてすぐに連絡しました。でも、噂なんてすぐに消えるって」

健介の態度に気づかず、近藤は事情を説明する。

「何甘いこと言ってんだ、あの親父は」

この場にいない阿久津を健介は責める。つい荒い口調になってしまい、近藤がフッと笑う。

「阿久津さんはネットをしないから、わかんないんですよ」

近藤は健介と違い、同情的だった。インターネットが普及する前と今とでは、噂の広がり方が格段に違っている。だが、自分が利用しないと、実感できないのも無理はない。

「このままだとどうなるんすか？」

健介が一番の心配を尋ねた。噂はいつか消えるとはいえ、ネットとは縁もなさそうな商店街の房江たちまで知ることになった。建設会社としての信用に関わる問題だ。

「最悪、仕事がキャンセルになることもあるでしょうね」

近藤は物憂げに言った。優しげな顔立ちだけに、余計に痛ましく見える。

阿久津建設は小さな会社だ。キャンセルが続けば、会社の存続が危うくなる。

「そのことを阿久津さんは?」

「言ってみたんですけど、聞かないんです。噂に振り回されるのが嫌なんだと思うんですけど」

「そんなこと言ってる場合かよ」

声を荒らげてしまい、近藤が驚いた顔をする。

「あ、すみません」

健介は慌てて謝った。阿久津が意固地なことと近藤とは関係がない。

「いえ、それほど親しくない阿久津さんのために、そんなに怒ってくれるなんて……。ありがとうございます」

感激したように頭を下げられ、健介は居心地の悪い気分になる。近藤への後ろめたさがあって、感謝の言葉を素直に受け入れられなかった。

「あの、これって、警察にどうにかしてもらえないんでしょうか?」

「どこからも何も言われてないっすからね。それに警察が民事に介入するのは……」

市民が困っているのなら、力になりたいとは思うが、訴えも出ていない問題で勝手に動くわけにはいかない。

「噂を否定するには、本人の働きかけが一番だと思うんすけど、近藤さんが説得しても聞きませんか?」

二人の関係をはっきりとは言えないが、恋人からの助言なら耳を傾けるのではないか。健介はさりげなくそんな思いを込めて言ってみた。

「仕事に関しては、自分のポリシーを絶対に曲げない人なんです」

近藤は苦笑して答える。この言い方ではプライベートならもっと柔軟だと言っているようにも聞こえる。

健介はほとんど阿久津のことを知らない。見かけただけのときを除けば、言葉を交わしたのはたったの五回だけだ。しかもそのほとんどが言い争いになっていた。

「でも、電話をもらってよかったです」

「何もしてないっすよ」

「俺も少し冷静じゃなくなってたみたいで、時任さんと話したおかげで落ち着けました」

それは健介も同じ気持ちだったが、口にはしなかった。阿久津のことで冷静さをなくしていたと近藤に知られるのが嫌だった。

「阿久津さんには、俺からまた話してみます。前よりは冷静に説得できるかもしれないから」

やはりそれが一番だろう。何か進展があったら電話をすると、近藤は約束してくれた。

近藤に別れを告げ、また自転車に跨り、寮への道を走っていく。

阿久津のために何かできることはないかと、理性よりも先に体が動いていた。だが、結局は自分には何もできないとわかっただけだった。警察官だから何かできるかもしれないと、そんな驕《おご》りがあった。

気づきたくない感情の正体に、行動が答えを教えようとしている気がして、健介は何もかも気づかないふりをするのに精一杯だった。

夢中で自転車を漕いでいたから、最初は気づかなかった。寮まで残り二百メートルのところにあるコンビニ前を通り過ぎようとして、店の前にしゃがみ込む人影が目の端に映った。

健介は自転車を止め、振り返る。

「史也?」

驚いて呼びかけた健介に、史也が顔を上げた。史也と会うのは十日ぶりだ。こんなに間が空いたのは、初対面以来、初めてだった。

「こんなところで何やってんだ?」

史也のそばまで近づいていき問いかけた健介に、史也はばつの悪そうな顔を見せた。

「健介さんが来るかなって」

「そりゃ、来ることもあるけど……」

寮にもっとも近いのはこの店だが、反対方向にあるコンビニのほうが品揃《しなぞろ》えが多く、健介がもっぱら利用しているのはそっちだった。だから、ここで待っていても会える確率はそう高くない。

「もしかして、毎日ここに来てたのか？」

「毎日じゃねえよ」

史也はぶっきらぼうに言ってそっぽを向く。来ていないと否定しないのは、一度や二度ではないからだろう。ここまで来ているのだ。寮の前で待っていれば確実に会えるのに、どうしてこんな不確実な場所に来るのか、健介にはその理由がわからない。

「この前は悪かった」

健介から視線を逸《そ》らしたまま、史也がぽつりと呟《つぶや》く。

「この前って……」

「それだけ言いたかったんだ」

健介に問いかける隙《すき》さえ与えず、史也は逃げるように走り去った。

「おい、史也」

呼びかける声に振り返ることなく、史也の後ろ姿はすぐに見えなくなった。

史也が交番や寮には来ずに、ここであてもなく待っていたのは、謝ることに抵抗があったのだろう。謝りたいという気持ちはあっても、高校生ぐらいのときにはなかなか素直になれないものだ。だから、会いたいけど会いたくないという複雑な思いでここで待っていたに違いない。

まだ史也のことも解決していないのだと改めて思い知らされた。考えなければならないことが多すぎて、頭がパンクしそうだった。


噂は一日ごとに広まっていく。最初に健介が耳にしてから、まだ三日しか過ぎていないというのに、もう町中が噂を知っていた。

全く関係のない建設会社のことなら、ここまで噂は大きくならなかっただろう。だが、実際に自分たちの町で、つい最近まで建設していた会社となると話は別だ。そこまでもが違法建築であるかもしれないのだという疑念が、彼らの口を軽くした。

「結構、広まってるな」

パトロール帰りの三谷が、報告の代わりに憂えた口調で言った。ただの噂でも、それが住民を不安にしているのなら放ってはおけない問題だ。

「そうっすね」

健介も浮かない顔で同意する。近藤が阿久津に話したのかどうなのか、あれから連絡はない。つまりは何も進展がないということだろう。

「俺、ちょっと行ってきます」

健介は我慢できずに立ち上がった。

「例のアパートか？」

三谷もすぐに行き先を理解し、引き留められることはなかった。

自転車に跨り、いつもより早いスピードでペダルを漕ぎ始める。歩いても十分程度の距離だから、すぐにアパートが見えてくる。

真新しい建物の前には入居者専用の駐車場ができていた。アスファルトにある仕切りとなる真っ白の線が目に眩《まぶ》しい。まだ誰も入居していないから、車は一台も停まっていない。そこでオーナーの柏木《かしわぎ》が房江と立ち話をしていた。

「こんにちは」

健介は二人に近づきながら挨拶《あいさつ》をした。

「ああ、時任さん」

答えた柏木は、かつては都庁に勤めていた七十歳を越える老紳士だ。夫婦でこの近くに住んでいて、引退した今は他にも所有するアパートの家賃収入で生計を立てている。

健介は自転車を降り、二人のそばに立った。

「健ちゃん、ごめんね、話しちゃったよ」

房江が申し訳なげに頭を下げる。健介に任せると言っていたのにと、反省しているようだが気持ちは理解できる。

「心配だったんすよね」

健介はわかっていると頷いて見せた。

「そうですか、時任さんもご存じですか」

浮かない顔の柏木が話に入ってきた。この様子だと房江に指摘される前から、噂は知っていたようだ。

「他はともかく、うちは大丈夫なんですよ」

柏木は暗い顔のままで断言した。

「噂を聞いて心配になったものですから、別の建築士に頼んで調べてもらったんです」

その言葉に健介は一安心して、肩の力を抜く。阿久津がそんなことをするはずがないという
のは、近藤の言葉と健介の直感でしかなかったが、実際に正しい建築をしていたとわかり確信
が持てた。

「どこも問題はないって、太鼓判を押してもらったんですけどね」

「それじゃ、安心っすね」

健介は言葉だけでなく、表情にも笑顔を浮かべ、柏木を安心させようとした。

「入居はいつからっすか？」

「来週からですが、入居予定者のキャンセルが相次いでて、まだ半分も埋まってないんです

よ」

　柏木は力なく笑った。噂が出る前までは順調に入居者が決まっているという話だった。

「健ちゃん、どうにかならないのかね」

　隣にいる房江も気の毒に思ったのだろう。警察官としての健介に助けてあげられないのかと尋ねてくる。

「大丈夫っすよ。噂なんてすぐに消えます」

　健介には阿久津のような台詞《せりふ》を言って、柏木を励ますしかできなかった。実際問題として、賃貸入居者なら施工会社まで調べない。阿久津建設の名前も噂も知らない人間が、そのうち集まってくるはずだ。

「そうですね。そう思うことにします」

　本当は不安が解消されたわけではないのに、柏木はこれ以上、健介や房江に心配をかけないよう、無理に笑っているのが明らかだった。

「俺にできることがあったら何でも言ってください」

　何ができるかわからないが、健介は何か役に立ちたいと気持ちを伝える。

「ありがとうございます」

　柏木に深く頭を下げられ、健介はその場を後にした。

　業界だけでなく、ブログ効果で一般人にも噂は広がっている。確かに阿久津の言うように噂はいつか消える。どんなに世間を騒がせたニュースでも、人はいつか忘れるものだ。だが、今回の一件は放っておけば、噂が消える前に会社がなくなってしまうおそれがある。

「おう、どうだった？」

交番に帰った健介を、三谷が待ちかねていたように出迎える。

「オーナーさんも噂を知ってました」

「まあ、これだけ広まってればな」

「検査をしたらしいですよ。問題なかったって」

「それをどうやって知らせるかだな。悪い噂はすぐに広まるが、いい噂なんて、そうそう世間は広めてくれないからな」

三谷の言うことはもっともだ。

この辺りの住民があのアパートを借りるのなら、柏木の言葉を信じて、入居してくれるだろう。だが、実際に借りるのは、オーナーの人柄など知らない他から来る人間なのだ。

「どうして、どっちもこれ以上、動かないんだろうな」

「どっちも？」

不思議そうに呟いた三谷の言葉を健介は聞き咎《とが》める。

「欠陥住宅を建てられたってほうも噂を広めるだけで訴えるわけじゃない。阿久津建設も名誉毀損《きそん》、いや威力業務妨害か、で訴えようとはしていないだろう？」

確かにおかしな話だ。阿久津が噂を放っておけというのは、まだ性格だからと理解できなくもないが、相手方の気持ちがわからない。

「訴えたくない理由って何があるんすかね」

健介の質問に三谷は首を傾《かし》げる。

「さあな。欠陥住宅を施工したのが阿久津建設じゃないなら、施主は訴えるはずがない。阿久津建設が施工したなら、わざわざ自分からこれ以上傷口を広げたりはしないだろうから訴えないはずだ」

「わかんなくなってきました」

健介は眉間に皺《しわ》を寄せ、自分なりにその理由を考えようとしてみるが、どちらの側の事情も説明が付くような答えは得られなかった。

「少しは知り合いなんだろ？　直接聞いてみたらどうなんだ？」

健介と阿久津との関わりを知らない三谷は、何気なく言っただけだろう。だが、その言葉に決心させられた。

阿久津に会いに行こう。噂がどれだけ広まっているのか、それで不安になっている人もいるのだと、それだけでも教えたかった。自分だけの問題ではないのだと知れば、阿久津も態度を変えるかもしれない。

気になって、放っておけないのだ。お節介だとはわかっているが、阿久津に一言言ってやりたかった。

勤務の後、健介は署からまっすぐ阿久津の自宅に向かった。前回、訪ねたのはもう一カ月以上も前になるが、まだはっきりと道のりは覚えている。阿久津宅の最寄りのバス停で降り、そこからの道順も迷わない。

住宅街だから、この時間になると辺りは静まりかえっている。もしかしたら、マスコミが嗅ぎつけ、周りがざわついている可能性も考えていたのだが、それはなかった。

ほどなく阿久津の家が見えてきたが、事務所の明かりは消えていた。以前に一度訪ねたときも今と同じような時間で、電気はついていた。いつもはどうなのか知らないが、今日の暗さは嗅ぎが何か影響しているような気がする。

健介はドアの脇《わき》にあるインターホンを鳴らした。室内に響く音が健介の耳にも聞こえる。その場で少し待ってみたが、返事はない。この間、史也は鍵《かぎ》はかかっていないとドアを開けた。今日もそうかもしれないと、健介はノブに手をかける。

音もなくノブは回り、やはり鍵のかけられていなかったドアを健介はそっと引いた。月明かりが差し込むだけの薄暗い部屋の中、奥の机に人影が浮かんでいる。それが阿久津であることはすぐにわかった。

「電気もつけねえで、何やってんだよ」

健介はわざと乱暴な口調で話しかける。阿久津が噂を気にしているかもしれないと、妙な気遣いをするのは自分らしくないと思ったのだ。

「電気代くらい、節約しようかと思ってな」

誰だとも問わずに、暗闇《くらやみ》の中から阿久津が答える。

声だけで健介だとわかったようだが、いきなり訪ねてきた理由も問いかけようとしない。阿久津の声にはいつものような張りもなければ、居丈高な雰囲気もなかった。

「節約？　らしくねえんじゃねえの？」

帰れとは言われなかったから、健介は声のするほうへ近づいていく。

「仕事もなくなったことだしな。切り詰めていかねえと」

阿久津の答えに健介は驚いて足を止めた。

「なくなったって、キャンセルになったってことか？」

健介の問いかけに、阿久津があぁと短く答えた。

冗談でも節約しようなどと言い出すくらいに深刻な状況になっているのなら、キャンセルは一件や二件ではないのだろう。だとしたら、その理由は噂以外に思い当たらない。

「……例の噂で？」

おそるおそる問いかける健介に、阿久津は自嘲《じちょう》気味に鼻で笑う。

「お前でも知ってるくらいに広まってるってわけか」

「俺はこれでも警察官だ。一般人よりは詳しいっての」

冗談めかしてせめてもの慰みに言ってみたが効果はなく、阿久津が笑うことはなかった。

「独立して、初めての危機だな」

阿久津もいつもの自分らしく振る舞おうとしたのだろう。軽口を叩《たた》こうとしたらしいが、やはり声に力がない。

「独立はいつ？」

黙っていると落ち込ませると思い、健介は違う話を振ってみた。

「立ったままもなんだな。まあ、座れよ」

阿久津が健介にパイプ椅子《いす》を勧める。それは壁に畳んで立てかけてあり、自分で開いて使えということらしい。

健介は椅子を手に取ったものの、それをどこに開いて置くかで一瞬迷う。広い事務所ではないから、空いたスペースはそうないのだ。遠くに置けば意識しすぎているように思われる。結局、阿久津との間の一メートルもない場所に椅子を置いた。

二人の距離は近づき、ようやく月明かりに浮かぶ阿久津の顔が見て取れた。薄暗いせいなのか、初めて高校生の父親らしい年齢を感じさせた。

「で、独立の話だったな。今年で十五年になる」

「今の俺と変わらない年じゃねえの？」

健介は驚きを隠せなかった。阿久津の年を知らないが、高校生の息子がいるのだから、どんなに若く見積もっても四十前後くらいだろうと予測していた。

「二十七だった」

阿久津は律儀《りちぎ》に健介の疑問に答える。今の健介よりも一つ下のときだ。その年で建設会社を起《た》ち上げるのは、かなり早いのではないだろうか。

「ずいぶんと若いときに独立したんだな」

「ま、あれだ。前の親方と揉《も》めたってだけのことで」

「ああ、あんたならあるだろうよ」

健介の言葉に苦笑いする阿久津の顔が月明かりに浮かぶ。

「追い出されて、ちょうどいいと思ったわけだ。自分の腕に自信もあったしな」

「腕に自信って、大工ってわけじゃないだろ」

阿久津は施工会社の社長のはずだ。だが、思い返してみれば、初対面のとき、阿久津は作業服を着ていたし、毎日のように現場に顔を出していたらしい。人の何倍も働いているとも言っていた。

「元は大工だ。人に使われるのが性に合わないから独立したが、今でもトンカチは握ってる」

知らなかった事実が一つずつ増えていく。不思議だった。阿久津とは決して友好関係を築けているわけではない。むしろ、健介にとっては憎むべき相手でもあった。あんなことをされたというのに、普通に会話ができているのが不思議で仕方ない。けれど、今の力を落とした阿久津を責める気にはなれなかった。

「じゃ、元々は大工になりたかったんだ？」

ああと阿久津は頷いてから、

「ガキのときから大工になるって決めてた。だから、中学を卒業すると親方のところに修業に入った」

「なんで大工に？」

「簡単な話だ。自分の手で家を造りたかった。ずっと六畳二間の安アパートに住んでたからな」

「それはなんかわかるな」

健介の口から笑みが零《こぼ》れる。健介の実家は家自体はそれなりに広かったが、店舗を兼ねていたのと大家族ゆえ、個人のスペースなどあるはずもなく、常に誰かと一緒だった。自分だけの広い部屋が欲しい。大人になったら絶対に自分だけの家を建てるんだと思ったものだ。

「お前も貧乏だったのか？」

阿久津が飾らない言葉で尋ねてくる。

「まあ、金持ちじゃあなかったな」

　正直な告白に阿久津が笑う。

　実家の総菜屋は当時もそれなりに繁盛していたが、所詮は近所の住民相手の商売だ。爆発的に儲《もう》かるわけもない。それなのに大家族となれば、生活で精一杯だった。健介も中学時代からアルバイトをしていた。家業は上の姉たちが手伝っていたし、もっと派手に体を動かすほうが性に合っていた。それこそ建設現場でも働いたことがある。

「念願叶って、この家を建てたときは、そりゃ、嬉《うれ》しかったな」

　その頃を懐かしむような遠い目で、阿久津は寂しげに笑う。

「ま、結局、家族で住むことはなかったけどな」

　その言葉に健介は阿久津が離婚していたことを思い出す。

「けど、離婚したのはあんたが悪かったんじゃねえの？」

「まあな。仕事にかまけすぎた」

　苦笑いしつつも阿久津は自分の非を認めた。健介は勝手に阿久津の私生活のせいだと思いこんでいただけに、意外な気がした。

「そこまでして、せっかく作った会社を潰《つぶ》すことになってもいいのか？」

　健介はようやくここに来た目的を口にすることができた。どうして何もしないのか。その理由を問い質《ただ》すためだった。

「誰も潰そうとは思ってない」

「だったらなんで……」

「何もしないのかって？」

阿久津が健介の先を読んで問いかける。

「ああ、そうだよ」

「今までの実績に自信があった。だから、こんな噂くらい、どうってことないと思ってたんだがな」

「だったら、もっとしゃんとしてろよ。こんな薄暗いとこに閉じこもってねえでさ」

健介は語気を強めた。それが理由だと言い張るのならそれでもいい。だが、それならそれで阿久津らしく行動してほしかった。

「慰めてるつもりか？」

「別にそんなんじゃねえよ」

健介はフイと視線を逸らす。反発していたくせにと思われるのが気恥ずかしかった。

「なんだ、わざわざここまで来たんだ。慰めろよ」

言葉は横柄だが、阿久津の顔はこれまで見たことのない頼りなげな表情をしていた。

自然と腰が浮き上がった。大人の男が見せるあまりにも頼りなげな姿に、何かしてやりたいと思ったのだ。けれど、阿久津のそばまで行くことはできても、それ以上、どうすればいいのかわからなかった。

「慰めてくれんのか？」

座ったままの阿久津が、健介の腰に手を回し引き寄せる。

健介は思わず息を呑《の》んだ。阿久津に触れられた場所から熱が広がる。あのときの感覚が一瞬で蘇《よみがえ》った。

「こんなとこで慰めになんのか？」

声を上擦らせながらも、健介は精一杯の虚勢を張る。阿久津が何を求めているのか、たった一度触れられた経験しかなくてもわかった。

「どうだろうな」

そう言いながら阿久津の手は、腰から這《は》い上がりシャツをまさぐり始める。素肌に手のひらの暖かさを感じ、健介の体は条件反射でびくっと震えた。それに阿久津が気づく。

「駄目か？」

阿久津は縋《すが》るような視線を向けてきた。

抱きしめられることで落ち着くこともある。何も考えず、人肌に溺《おぼ》れ、今この瞬間だけでも現実を忘れたいと望んでいるのだとしたら……。

そう思ったとき、唇が勝手に動いた。

「……好きにしろよ」

自分で言った言葉なのに自分自身が一番驚き、健介は阿久津から視線を逸らす。

阿久津は一度、体を離した。抱きしめたままでいては、動きが取れないからだと健介が察したのは、シャツのボタンを外され始めてからだ。

男にシャツを脱がされるなど普通なら考えられないことだ。健介は突き飛ばしそうになるのをなんとか阿久津の肩を摑《つか》むことで堪《こら》えた。

「お前はいい警察官だよ」

阿久津の声には微《かす》かに笑いが含まれていた。

市民を励ますために体まで差し出す。そんな馬鹿な警察官がいるものか。そう言いたくなる気持ちを押し殺す。そうじゃないなら、他にどんな理由があるのかと問われると答えに困る。自分でも説明できなかった。

シャツのボタンが全て外され、前をはだけられた。シャツ一枚しか着ていなかったから、そうされれば素肌を晒《さら》すことになる。

同性に肌を見せることくらい何でもないはずなのに、逃げ出したくなる頼りなさに襲われ、健介は瞳を伏せた。

これまでに女性とは付き合ったことがあるし、体の関係もあった。だが、過去の経験の全ては、いつも健介がする立場だった。されるだけ、されるのを待っているだけが、こんなに不安なものなのかと初めて知った。

肌の上を男の固くて大きな手が這い回る。鍛えた体には薄く綺麗な筋肉がついていて、その感触を確かめるようにゆっくりと手が上方へと移動していく。

「はぁっ……」

胸の尖《とが》りを指の腹で擦《こす》られ、甘い息が漏れた。

「ここがいいか？」

阿久津が答えられないようなことを問いかけてくる。

今までに味わったことのない、ジンとした痺《しび》れを感じた。けれど、男なのに胸で感じるなどと知られたくなくて、健介は唇を嚙《か》み締める。

そんな健介の反応に気づいているのか、阿久津は小さな突起を指先で摘《つま》み、また指の腹で押しつけ、執拗《しつよう》にそこから右手を動かさなかった。

次第に体が熱くなり、中心に熱が集まり始める。他のことを考えて気を逸らせようとしても、時計の針の音しか聞こえない静かな環境では、神経が研ぎ澄まされ、指の動きに集中させられてしまう。

この間はイカせるだけが目的だとばかりに、阿久津が触れたのは中心だけだった。だが、今日は健介の全てを奪い尽くそうとでもいうのか、体中を阿久津の左手が這い回る。

健介は両手で口を押さえ、溢れそうになる声を堪えた。

まだ中心には一度も触れられていない。上半身だけを撫《な》でられているだけだ。それなのにこんなに感じるなんてありえない。きっと、どこかおかしくなってしまったのだ。

「はぁ……」

背骨に沿って指が這い、熱い息が漏れた。

ジーンズに押し込んだ中心が苦しいと健介に訴えている。だからといって自分で前をくつろげ、愛撫《あいぶ》などできない。そのかわりにもぞもぞと足を動かしているのを阿久津に気づかれた。

「悪かったな。放っておいて」

阿久津はジーンズのファスナーを下ろすと、膝《ひざ》まで一気にずり下げた。下着もその勢いに引きずられ、大事な場所が外気に触れる。

「もうこんなになるくらいに、感じてたんだな」

阿久津の指摘に健介は羞恥《しゅうち》で全身を真っ赤に染めた。言われなくても自分の体のことだ。充分すぎるくらいにわかっている。それにそう指摘できるということは、阿久津が健介の屹立《きつりつ》に視線を注いでいる証拠だ。

そこには指一本触れられないうちに、完全に勃《た》ち上がっている中心を、阿久津の視線に晒している。恥ずかしいと思うことが、ますます健介を昂《たか》ぶらせた。

「あっ……」

驚きで声が上がる。そうなることはわかっていたはずなのに、中心に触れた阿久津の手の感触に思わず目を向けてしまった。

見上げる阿久津と視線が絡み合う。

公園のトイレでイカされたことは今もはっきりと覚えている。だが、あのときは背を向けていたから、阿久津がどんな顔をしているのかなど知らなかった。

健介の視線は手ではなく、阿久津の顔に釘付けになる。憧れた父親の顔はそこにはない。欲望の色を宿した男の顔だった。

阿久津は健介の瞳を捕らえたまま、ゆっくりと手を動かし始めた。

「やぁ……っ……」

屹立を擦られ、引き結んだ唇が力をなくす。一度、零れ始めた声はもう堪えられない。静かだった室内に、健介の淫《みだ》らな声が響き渡る。

その声が阿久津を調子づかせた。筒状にした手を上下に擦りたて、性急に健介を追いつめる。

「あ……はぁ……んっ……」

耳に届くのは健介の声だけでなく、滑った粘着質の音が混じっている。健介はハッとして自身に目を向けた。

はしたなくもいやらしい先走りを零す健介の中心が、月明かりに映し出され光っている。

「なんで……俺、ばっかり……」

健介は切れ切れの声で訴えた。慰めてほしいのなら、むしろ逆ではないのか。こんなに一方的に健介がされるままになっていることが阿久津の慰めになるのだろうか。それに対する阿久津の応えはなく、手の動きも止まらない。

立っているのが辛くなってきた。阿久津の肩を摑んだ手まで震えてくる。

「もうイキたいか?」

阿久津が健介を見上げ、問いかける。

恥ずかしい。けれど、このままで放置されるのはもっと辛い。健介は羞恥で真っ赤になった顔を逸らし、無言で頷いた。

「だったら、俺もイカせてもらってもいいか?」

阿久津は意外なことを言い出した。最初からそれが目的だったのではないのか。何を今更と、健介は上気した頬で阿久津を見つめ返すしかできない。

「いい覚悟だ」

阿久津はニヤッと笑う。とても落ち込んでいた男の顔には見えなかった。

阿久津は健介の腰を抱えたまま立ち上がり、それから、邪魔だとばかりにすぐそばにあるデスクの上に乗っていたものを下に落とした。書類ケースやペン立てが派手な音を立てて床に飛び散る。

「なっ……」

乱暴な動作に体が竦《すく》む。

「立ったままはお前がきついぞ」

その意味を問い返す前に、健介の上半身はデスクに押しつけられた。素肌にスチールデスクの冷たさが染みる。

もう少し健介に経験があれば、この体勢の意味を悟れた。けれど、健介は本当の意味で男と抱き合うことを知らなかった。

「ひぁっ……」

信じられない場所に何かが触れ、健介は悲鳴のような声を上げた。健介はおそるおそる振り返る。阿久津が剝《む》き出しになった双丘の狭間に指を這わせていた。

「やめっ……」

恥ずかしさに体を起こそうとするが、背中に覆い被《かぶ》さってきた阿久津の厚い胸板に阻止される。さらに阿久津は耳朶《みみたぶ》を舐《な》め、制止の言葉さえ封じた。

「ここを使ったことは?」

熱い声が耳朶に吹き込まれる。問われている意味がよくわからなかった。そんなことを今まで誰にも聞かれたことがない。健介は首を曲げ、不安げな視線を阿久津に向ける。

「わかった」

何がわかったというのか、阿久津はもう同じ質問を繰り返さなかった。その代わり、濡れた感触がそこに与えられ、健介は息を詰まらせる。

「何……?」

不安げに問いかける健介に、阿久津が優しく微笑《ほほえ》みかける。

「ここにはたいしたものは置いてねえからな」

濡れた感触はそのままに、阿久津が左手を健介の口の前にかざす。

「いい子だから、口を開けて」

欠片《かけら》もなくなったと思っていた父親像がまた現れた。諭すような声に促され、健介は素直に口を開くと、そこに指先が押し込まれる。

「舐めてみな」

さらに指示が繰り出され、健介は舌を口中の指に絡めた。無骨な太い指を言われたとおり、まるでアイスキャンデーでもしゃぶるかのように舐めていく。

口を開かされたままのせいで、唇の端から唾液《だえき》が溢れるが、拭《ぬぐ》うことも忘れていた。

「もういいだろう」

阿久津が引き抜いた指は濡れそぼり、窓から差し込む月の明かりに照らし出される。その指はすぐ目の前から消えた。

「さっきのはこれだ」

再び濡れた感触が奥に押し当てられた。濡れた指ともう乾いてしまった指が、後孔付近をさまよっている。それを言葉でリアルに教えられた。

固く閉ざした後孔を解《ほぐ》そうと、指でやわやわと揉み解される。健介はデスクについた両手に顔を埋《うず》め、言いようのない感覚を堪えた。

そんな場所を他人に触られているという羞恥もある。それに加えて、快感ではないのにむず痒《がゆ》いような、もどかしいような感覚にも煽《あお》られる。

「くぅ……」

吐いた息が苦しげに響く。指先がついに健介の中に押し入ってきた。おそらく第一関節までも入っていないくらいなのに、異物感が健介の顔を歪《ゆが》ませる。

「そうやって息を吐いてろ」

阿久津の言葉に従えば楽になれるのか。今は他に縋るものがない。健介は続けて息を吐き、意識を他にとばそうとした。

「あ……あぁ……」

指がさらに中に押し込まれ、切れ切れの息が苦しさを訴える。双丘に手のひらや他の指の感触があり、それで奥まで埋め込まれたのだとわかった。

「すごいな。お前の中」

阿久津の熱い声が耳を犯す。

「狭くて熱くて、俺の指を締め付ける」

聞いていられない恥ずかしい言葉に耳を塞《ふさ》ぎたくても、両手は顔を覆うのに精一杯だ。生理的に溢れた涙を拭うのに、苦しげに呻《うめ》く声を少しでも堪えるのに、二本の腕では足りないくらいなのだ。

グチャグチャと何か掻《か》き回すような音が聞こえる。最初、それがどこから聞こえてくるのかわからなかった。

「お前の中が濡れてるみたいだろ？」

阿久津の言葉で、唾液をたっぷりと絡ませた指が奥で蠢《うごめ》いているせいだと気づく。最初に舐めたときの健介の唾液だけではこんなに濡れない。その後も阿久津は何度も自分の唾液を足し、濡れないそこに注ぎ込んでいた。

「も……いつまで……？」

苦しくて、どうにか解放してほしくて、健介は訴えた。快感はない。ただ苦しいのと不快感に苛《さいな》まれていた。いきり立っていた中心もすっかり萎《な》えている。

「お前だけイキたくはなかったんだろ？」

「そう……だけ……ど……」

それがこの行為とどう繋《つな》がるのか、健介には理解できない。

「そのためにはこれが必要なんだよ」

「くっ……あぁっ……」

指がさらにもう一本増やされ、健介はくぐもった声を発する。

何か目的があるのか、指は執拗に同じような動きを繰り返す。いつしか指の感触には慣れてきた。快感はなくとも不快感を堪えられるようにはなる。

デスクの引き出しを開ける音に気づき、目をやると、阿久津がその中を探っているのが目の端に映った。

阿久津が取り出したのは、見覚えのある小さな袋だった。健介も何度か使ったことのあるコンドームの袋だ。

仕事場に何を常備しているのだと呆《あき》れるよりも、かつてはそれをここで誰かに使ったのだと思い知らされているようで、胸が痛んだ。阿久津にとっては、健介とのこの行為はただの慰めでしかない。阿久津には近藤がいる。近藤の人のよさそうな顔が思い浮かび、また彼を裏切っているという思いも健介を苛む。

「どうした？」

反応が鈍くなった健介を、阿久津が訝しげに問いかける。

「しつこいんだよ、おっさんは」

気持ちを誤魔化すために、健介は強気な態度で答えた。この体勢でよかった。体への苦痛ではなく、心が痛んで歪む顔を見られずに済む。

「言ってろ」

阿久津の声が苦笑混じりになっている。

「だったら、そろそろ始めるか」

指が引き抜かれ、体の緊張が一瞬解けたが、それは新たなる不安を募らせるだけだった。

ここまで来れば、もうわかる。ただ擦りあうだけでなく、健介の中に自身を挿入して、阿久津は本当のセックスをしようとしているのだ。

「力を抜いてろ」

優しいけれど熱い言葉に命じられ、健介は体の力を抜いた。阿久津を受け入れると決めたのなら、阿久津に任せるしかない。

阿久津の両手が健介の腰を摑んだ。そのすぐ後、太くて固い凶器が押し当てられる。

「……っ……」

息が止まるかと思った。体が引き裂かれそうな衝撃だ。だが、阿久津が時間をかけて解していたおかげで、本当に裂けはしなかった。限界にまで押し広げられた後孔が、徐々に阿久津を呑み込んでいく。

健介は阿久津の動きに合わせて呼吸をしていた。そうすることで少し楽になると、頭ではなく体が気づいた。

「わかるか?　全部入ったぞ」

ぐっと腰を押しつけられ、阿久津の腹が双丘に当たる。つまりは根本まで押し込まれたということだ。本当に入るものなのだと、冷や汗を流しながらも妙に冷静な自分もいる。快感ではなく、痛みを堪えているせいかもしれない。

阿久津はすぐには動かなかった。そのまま背中から抱きしめられ、二人の体が密着する。ドクドクと脈打つ阿久津の鼓動が伝わってくる。

「いいよ、お前の中」

阿久津の声が耳をくすぐり、無意識のうちに健介は中にいる阿久津を締め付けた。

「俺だけイカせようとしてんじゃねえよ」

クスッと笑った阿久津の手が前に回る。すっかり萎えていた中心に指を絡められると、萎えていたくせに待ちかねていたかのように震える。

阿久津の手の感触は覚えている。どうやって昂ぶらされたのか、それを思い出して勝手に体が反応してしまうのだ。

健介が再び力を持ったのを合図に、阿久津は左手で腰を支え、右手は健介の屹立に絡ませたまま、腰を使い始めた。

腰を打ち付けられ、ぶつかりあう肉の音が響くのをどこか遠くで聞いていた。理性などとっくになくなっている。どうなっているのかなど冷静に判断できるだけの余裕は欠片も残っていなかった。

「あ……あぁ……んっ……」

阿久津の昂ぶりが健介を狂わせる場所を見つけた。信じられないほどの快感が全身を突き抜け、健介は跳ねるように顔を上げた。

「ここか？」

健介の変化を感じ取った阿久津が、そこばかりを狙《ねら》って突き上げる。

「やめ……あぁっ……」

かつて味わったことのない感覚が立て続けに襲ってくる。体の奥から熱が全身に広がり、開きっぱなしの口からは唾液が溢れる。生理的に滲《にじ》んだ涙が視界を曇らせ、中心から零れた先走りは床を濡らす。

「もうっ……」

前と後ろを同時に攻められ、健介はもう解放してくれとねだった。

「ああ、俺も限界だ」

阿久津の声も熱い響きがあった。阿久津がどれだけ昂ぶっているのかは、健介の体が一番よく知っている。

阿久津が健介の先端に爪を立てた。

「うっ……くぅ……」

健介は低く呻き、阿久津の手の中で自身を解き放った。阿久津もまた声にならない吐息を漏らし、健介の中で達する。

息が整わないどころではない。放心した健介は、指一本動かせなかった。

阿久津がゆっくりと自身を引き抜くと、力の入らない健介はその場に崩れ落ち、床にへたり込んだ。

「大丈夫か？」

「あ……ああ」

健介は強がろうとして、自分の声が掠《かす》れていることに驚く。それだけ声を上げていたのだと気づき、一人で顔を赤らめる。

「お前、すごいよかったよ。おかげで元気を取り戻せた」

何がとはことの直後だけに、問わなくてもわかった。抱き具合がいいなどと、男として喜んで聞けることではないが、少なくともこの時間だけ阿久津を元気にさせられたのならよかった。

「……そうかよ」

健介は顔を上げなかった。座っている健介を立っている阿久津が見下ろしている限り、伏せなくても顔は見えない。

成り行きとはいえ、自分から進んで体を投げ出すような真似をしてしまったことが信じられず、阿久津と視線を合わせられない。阿久津がどんな顔をしているのか、どんな顔で自分を見ているのか、知りたいと思うと同時に知りたくないとも思う。

「風呂、入ってくだろ？」

阿久津は平然と問いかけてきた。成り行きで健介と寝たことなど、阿久津にとってはたいしたことではないらしい。これまでにも一夜限りの相手がいたと思わせるに充分な態度だった。

「別に風呂なんて」

「そのままで服を着るのは気持ち悪くねえか？」

そう言われて、健介は自分の姿を見下ろす。汗でシャツが張り付き、剝き出しの股間《こかん》は自分の放ったもので濡れている。確かにこの状態で下着を穿《は》くのには抵抗があるし、このまま町に出るのも不安だ。

「二階が自宅になってる。誰もいねえから、気兼ねしなくていいぞ」

それから阿久津は先に湯を張っておくと言って、二階へ続く階段を上がっていった。

阿久津がいなくなり一人になると、健介はようやく肩の力を抜き、ほっと安堵《あんど》の息を漏らす。慣れた振りを装うつもりなど初めからなかったが、特別気にしているようには思われたくなかった。これくらいなんでもないのだという態度を取っていたかった。

健介は何か体を拭《ふ》くものを探して、室内を見回す。壁際に腰の高さほどのキャビネットがあり、その上にボックスティッシュが置かれていた。

どうにか立ち上がると、不自然な場所でまとわりつく下着とジーンズを歩けるくらいにまで引き上げた。それ以上は下着を汚しそうでできなかった。

キャビネットまで二メートル程度の距離だ。それがやけに長く感じた。初めて男を受け入れたせいで、ありえない場所に違和感があったり、体の節々が痛んだりして、歩くのが辛《つら》かった。そうして、なんとか到着したキャビネットにもたれかかり、ティッシュで股間を拭う。こみ上げてくる情けなさには気づかないふりをした。

これ以上、阿久津と顔を合わせているのは無理だ。健介は急いで身繕いを済ませ、なんとか外に出られる状態に直して、静かに事務所を逃げ出した。

阿久津の顔をどうやって見ていいかわからない。何を言えばいいのかもわからない。体から入る奴もいると、阿久津は言った。自分がそうなのだと思いたくなかったが、そうでなければ、なんなのか。阿久津を受け入れてしまった理由を知るのが怖かった。

住宅街の中は静まりかえり、街灯と月明かりだけで薄暗い。人通りはなかったが、仮に誰かとすれ違っても、健介がいつもと違っていることになど気づかないだろう。

健介は大通りに出ると、近づいてきたタクシーに手を上げた。タクシーなど滅多に使わないが、今日は特別だ。とにかく誰にも会いたくないし、顔を見られたくない。男に抱かれたことを見透かされそうな気がした。だから、タクシーの中でも運転手の顔を見られなくて、ずっと顔が上げられなかった。

三十分弱走って、健介は寮のずっと手前でタクシーを停めさせた。もし寮の誰かに見つかって、まだ終電前なのにどうしてタクシーを使ったのかと、尋ねられるのを避けたのだ。今の混乱した健介には、上手い言い訳など思いつかない。

中途半端な時間だからか、幸い、誰にも会わずに自室へとたどり着けた。日勤終わりが帰宅するには遅く、夜勤が帰ってくるには早すぎる時間だ。

けれど風呂場には行けなかった。この時間なら誰が入っていてもおかしくない。もっと誰も利用しないような時間にして、鉢合わせを避けたかった。

後ろから抱かれたから、どんなふうに痕跡《こんせき》が残っているのかわからない。首筋にキスをされたことだけは覚えている。その痕《あと》でさえ、他人の目にどう映るのか、予想できなかった。

阿久津にとってはただの慰めでしかないセックス。阿久津は遊び人だ。相手が誰でもよかった。たまたまそこに健介がいただけだ。

利用したのは阿久津なのか、それとも健介か。

健介があのとき拒否しなかったのは、自分の阿久津に対する思いの正体を知りたかったからだ。気づきたくないと言いながら、それを知るために落ち込んでいる阿久津を利用した。

結果、後悔だけが残った。気持ちになど気づかないままでいたほうがよかった。そうすれば、いつか何事もなかったかのように忘れられたかもしれないのだ。

けれどもう気づいてしまった。父親に対するような憧れの気持ちではなく、一人の男として阿久津を求めている。恋人がいるとわかっているのに、傾く思いを止められなかった。

明かりはつけなかったが、カーテンを開けたままの部屋には月明かりが差し込み、小さなテーブルが浮かび上がる。そこにはボックスティッシュが置いてあった。思い出すつもりはなかったのに、阿久津の事務所でのことが蘇る。

最悪だ。健介は暗い部屋の中で頭から布団を被った。どんな些細《ささい》なものでも、目に入ってしまえば、阿久津に結びつけてしまう。こんな調子では部屋の外から聞こえてくる物音にでも、阿久津を思い出してしまいそうだった。
何もかも忘れて、今は眠りたい。
そんな思いで、健介は必死で目を固く瞑《つむ》った。

5

最悪な目覚めだった。

一日の勤務の後に初めて男に抱かれ、信じられないくらいの快感を与えられ、高められ達した。それは自分が思っている以上に体に負担を与えていたらしく、みんなが寝静まってから風呂に行くつもりだったのに、気づいたら朝だった。

自然に目が覚めたのは午前九時。一瞬、遅刻かと焦ったが、すぐに非番だと思いだし、再び眠りにつき、完全に起きたのはそれから一時間後だった。

寮の風呂は夕方からしか湯を張ってくれないが、シャワーは一日中使える。とりあえず、何かしようにもべたつく体を洗い流してからだ。

ドアの前に立ち廊下の様子を窺《うかが》う。この時間は出勤するものは出かけているし、夜勤明けのものはとっくに寝ている時間だ。健介《けんすけ》と同じように非番のものもいるかもしれないが、元々が二十人弱しかいない寮だから、そうそうかちあうこともない。

健介は着替えを手に、浴室へ急いだ。体の違和感は昨日よりはかなりマシになっていて、動きが鈍くなることはなかった。

浴室には誰もいなかった。それでも万一のことを考え、手早くシャワーで体を洗い流す。それから、脱衣所に戻りタオルで水気を拭《ふ》いている健介の視界に、鏡に映る自分の姿が入った。うなじに赤い痕《あと》が残っている。

阿久津《あくつ》が触れた証《あかし》だ。唇が触れた瞬間の、あの感覚を覚えている。一晩寝たくらいで忘れることなどできない。肌を撫《な》で回す手のひらの温度、中心に絡みついた器用な指の動き、そして体の中に押し入ってきた昂《たか》ぶりの熱さも、全てが鮮明に記憶として残っている。

その記憶がまた体を熱くさせる。健介は頭を振って、記憶を追い払った。一人でいると余計なことばかり思い出す。こんなときに限って、非番だというのになんの予定もなかった。

沈んだ顔で部屋に戻ると、ドアを開けてすぐパソコンが目に飛び込んできた。狭い部屋だから、否応なしに見えてしまうのだ。

予想外の展開になってしまったため、すっかり忘れていた。そもそも昨日、阿久津を訪ねたのは、欠陥住宅の噂《うわさ》をどうにかしろと言うためだったのだ。それなのに、その件に関しては、何の約束も取り付けないまま帰ってきてしまった。

噂は一日でもさらに広がっていく。昨日から今日でどう変わったのか。

健介はパソコンを起動させた。まずはブログが更新されているかどうかを調べることだ。真剣な顔でパソコンの画面を見つめる。例のブログは更新されていなかった。同じ写真が掲載されているだけだ。

この写真に上がっている住宅がどこにあるのか。それがわかれば、建設した本当の会社を調べることができる。昨日、阿久津と話をして、絶対に彼が欠陥住宅など作るはずがないと確信した。となれば、他に作った会社があるはずだ。

写っているのは欠陥とされる箇所の大写しで、背景がない。内部ならわかるが、外壁までもが少しでも外の景色を写さないよう、ひび割れのアップになっていた。

ここまで用心するのは何故なのか。

ブログは他人が書き込みできないよう設定されている。それもブログ主が他からこの家に対する情報を書き込まれないための用心にも思えた。

健介はブログの記事を最初から読み直す。明らかに阿久津に不利になるような情報しか掲載されていない。一方的に阿久津の名誉を傷つけたいだけに思えた。

写真も順番に見直していく。薄茶色の外壁にあるひび割れを見ていた健介はふと気づいた。外壁に使われているタイルには、さまざまな種類がある。いろんなメーカーがいろんな色や材質のものを作っている。もしかしたら、専門家ならこの写真だけでも、使われているタイルがどこのものなのかわかるのではないだろうか。

健介の知り合いで建築関係の専門家は近藤《こんどう》だけだ。近藤なら、こんな外壁を使う業者を知っているかもしれない。前回会ったときに、今後のためにと携帯電話の番号を交換し合っていた。

近藤に対しての後ろめたさは、昨日のことでますます強くなった。その詫《わ》びではないか、この噂の元を探り、阿久津の名誉を回復することができれば、少しでも彼に対する償いになるのではないか。健介は自分にそんな言い訳をする。

仕事中なのはわかっているが、比較的、時間は自分の自由になるのだと近藤は言っていた。それを信じて、日中なのに携帯電話に連絡を入れる。

呼び出し音が耳元で五回鳴り響き、それに続いて近藤の声が聞こえてきた。

『何かありましたか？』

近藤はすぐにそう問いかけてくる。健介からの電話で他に用がないとわかっているからだ。

「実はちょっとお願いがあって……」

健介はさっき思いついたばかりのことを近藤にぶつけた。そして、力を借りたいと訴える。

『俺も何かしなきゃって思ってたのに、思うばかりで実際は自分の仕事に精一杯でした。恥ずかしいです』

近藤は電話口でしみじみとした口調で答えた。

「俺は本当のことが知りたいだけで……」

健介は慌てて近藤を遮る。阿久津のためじゃないのだと言い訳しつつ、近藤への後ろめたさが倍増する。

『すぐに調べます』

健介の葛藤《かっとう》には気づかず、近藤は力強く約束した。

『ちょっと珍しい色の建材だから、どこのものかはある程度までは絞れると思います。ただ、使っている建設会社は一社や二社じゃないでしょうけど』

やはり近藤は専門家だ。あの色が外壁には珍しいものだとは、健介にはわからなかった。

「それでも、お願いします」

健介は見えない近藤に向かって頭を下げた。たとえ百社あろうとも、何も手がかりがないよりはマシだ。

電話を切ると、健介は再びパソコンに向かう。ブログ以外にも阿久津建設の噂が広まっていないか、調べるためだった。

インターネットの世界は無法地帯のようなところがある。顔も見えず、名前も出さなくていいから、無責任な噂を流し放題だ。

検索結果を順に見ていた健介の目が止まる。個人のブログの中に阿久津建設の名前があった。そのブログ主は三十代の男性で、かつて自宅を建てるときに阿久津建設に依頼したのだと書いていた。男性も欠陥住宅のブログを見たらしく、そのことに触れ、自分のときには阿久津がどんなに親身になって接してくれたかを語っていた。

異なる内容の二つのブログ。どちらが嘘《うそ》でどちらが本当か。これだけを見ている人間には判断しようがない。自分が真実だと思うほうを信じるだけだ。そして、どちらを信用しようが、その人間には直接的な害はない。もし自分が家を建てるときに頭の片隅に名前が残っていたら、依頼しないでおこうと思うくらいだろう。

そもそもの発端となったブログが、阿久津を陥れるために作られたものだとしたら、その成果は上々だ。健介は改めて匿名のネット社会の怖さを思い知った。

インターネットではこれ以上の収穫はなかった。そろそろ昼時だ。近藤からの連絡がなければ、動きようがない。健介は昼食を買うためにコンビニに出かけることにした。連絡があったときすぐに動けるよう、どこかの店に入るつもりはなかった。

コンビニ弁当を十分で食べ終えたところで、携帯電話が鳴り響く。通常着信ではなく、メールの着信を知らせるメロディだった。

近藤との電話を切ってから一時間あまりしか経っていない。かなり急いで調べてくれたのだろう。近藤から届いたメールには、五社の業者名が書かれていた。健介でも知っている業者名もあれば、初めて見る名前もある。

メールに続いて、近藤は電話もかけてきた。

『すみません。俺にわかるのはそこまでです』

近藤は申し訳なさそうに謝った。聞けば、ここから先は個人情報になり、部外者では調べようがないのだと言う。確かにそうだ。業者を特定することは外部でも可能だが、どこの家にどの建材を入れたかまでは、教えてくれないだろう。

「充分です。ここから先は俺がやります」

『警察の力で？』

「いえ、これは事件じゃないので……」

そう言葉を濁したものの、実際にはそれに頼るしかないだろうと思っていた。だが、事件でもないのに、国家権力を使うことを近藤には言えない。

健介は礼を言うと、また何かわかったら連絡をすると言って電話を切った。

この業者を当たって行くにしても、非番の健介には警察手帳がない。もっとも勤務中だとしても、自分の意思で自由に動き回れるわけではない交番勤務の健介では、捜査する手段がなかった。同じ警察でもここが刑事とは違うところだ。

そう考えていたとき、ふと同期の警察官の顔が思い浮かんだ。

西野功《にしのいさお》。警察学校では机を並べ、一番仲がよかった。卒業後は同じように交番勤務に就いたが、西野は今、刑事課にいる。

刑事は外に出ているときが多く、携帯電話の電源も切っていない。もっとも、私用とわかれば出られるかどうかはそのときの状況次第だが、それはかけてみないとわからない。健介は久しぶりに西野の携帯電話を呼び出した。

仕事柄、早く出る癖がついているのか、西野の応答は早かった。

『おう、どうした？』

着信画面に健介の名前が表示されたのだろう。健介の声を聞く前に、西野の男臭い低い声が返ってきた。どうやら外にいるらしく、西野の声の後ろから賑《にぎ》やかな音が被《かぶ》さってくる。

「今、ちょっといいか?」

仕事中の可能性を考え、健介は状況を問いかける。

『ああ、聞き込みの最中だが、俺一人だからな』

刑事は二人一組で行動が基本なのにと思ったが、今はそれを聞いているよりも、自分の用件を優先させた。

健介は単刀直入に用件を切り出す。欠陥住宅の問題を簡潔に説明しつつも、西野の興味を引くように熱心に話す。

『それで、業者に当たって、その家を建てた業者を当たれってか?』

西野は察しよく健介の頼みを先読みした。

「悪い。お前しか頼れる相手がいねえんだよ」

健介の懇願に、西野は一瞬黙った。健介がこんな頼みをしたことはこれまでに一度もない。

それに声にも緊迫した響きがあることを西野は感じ取ってくれた。

『見返りはそっちの婦警との合コンな』

了解したという代わりに、ふざけた交換条件が持ち出され、健介はホッとして口元を緩めた。

これでまた一つ先に進むことができる。

「合コンなんて、やりつくしてたんじゃなかったか?」

『お前んとことはまだだ』

都内の署を全部制覇するつもりなのか、西野はしごく当然のように答える。

「わかった。任せろ」

健介は力強く請け負った。署内の婦警には友人知人が多い。婦警に限らず、健介は誰にでも物怖《ものお》じせずに近づいていくから、言葉を交わしたことがない相手のほうが珍しいくらいだ。出会いが少ないとぼやいている婦警もいたから、人数を揃《そろ》えるくらいはなんでもなさそうだ。

『オッケー。じゃ、結果が出たら連絡するから、その業者名、メールで送ってくれ』

電話を切ると、健介はすぐにさっきの近藤からのメールを西野へと転送した。これでまた待つだけになる。

健介は深い溜息《ためいき》を吐き、窓に近づいていく。

まだ日は高い。それなのに、健介にはこの後すべきことがなかった。近藤に頼み、西野に頼み、人に頼んでばかりだ。自分の力のなさを思い知らされる。警察官になったからといって、力が手にはいるわけではないとわかっていても、歯がゆさは消えない。

だが、悩むばかりは性に合わない。他に何ができるのか。今の自分にもできることはないのか。少しでも前に進む方法を考える。そうやって健介は今まで生きてきた。そして、その生き方を間違っているとは思っていない。

健介はクッと唇を嚙《か》み締めると、空を見上げた。

翌日は朝からの勤務だった。

昨日は夜まで寮には戻らなかった。閉館まで図書館にいたのだ。欠陥住宅の問題を調べているのに、健介はあまりにもそのことに対する知識がなさすぎた。これから捜査をしていくにしても、単語の意味すらわからないのでは話にならない。そう思って、自分なりに勉強しようとしたのだ。僅《わず》か半日でどれだけ身に付いたのかと言われると自信はないが、何もしないよりは気持ちが落ち着く。

朝から凛々しい顔つきで交番の前に立つ健介に、三谷《みたに》が不思議そうに尋ねてくる。

「なんか、妙に気合い入ってないか?」

「俺はいつもどおりっすよ」

健介は力強く答えた。しなければならないことが目の前にある。落ち込んでいる場合ではないと、昨日、改めて気を引き締め直したのだ。他にも考えることはあるが、それはこの問題が片づいてからだと、まずは一つずつクリアしていくことに決めた。

「ならいいけどな。しょぼくれたお前なんて見てられないし」

この数日の塞《ふさ》いだ様子は、一緒に勤務していた三谷が誰よりもよくわかっている。心配させていたのだと改めて気づかされ、健介は申し訳ない思いで頭を下げた。

「すみませんでした」

「なんだ、しょぼくれてた自覚はあるわけだ」

からかうように言われて、健介も苦笑いするしかない。

「まあ、これで俺も安心してパトロールに出かけられる」

三谷はそう言って制帽を被《かぶ》った。そろそろ午前の巡回の時間だった。

自転車に跨《また》がる三谷を見送り、一人になった交番で、健介は来週分の『交番だより』の原稿に取りかかることにした。

『交番だより』とは、健介たちの交番が出している回覧板のようなものだ。そのときどきで取り上げる記事は違う。主に防犯対策や交通規制などを掲載して、地域住民に注意を促す。毎週発行しているが、作成担当は週で変わる。来週が健介の担当になっていた。

たとえ、どんなに阿久津のことが気になっていたとしても、自分に与えられた仕事はおろそかにはできない。三十分ぐらい、そうして辞書を引きながらの原稿作成をしていたときだった。

交番内の電話が鳴り出し、健介は即座に受話器を持ち上げる。

「はい、駅前交番です」

『健介か？　俺だ』

声だけで健介だとわかったのは西野だった。

『今からファックスを送って大丈夫か？』

「大丈夫だけど、ファックス？」

『言ってた物件の一覧だよ。結構な数だが、この中のどこかだろうって話だ」

「もうわかったのか?」

西野に無理な頼みをしたのは昨日のことだ。まだ丸一日も経っていないというのに、健介は驚きを隠せなかった。

『この外壁の色番が去年できたばかりのもので、実際に使ってるところはそう多くないらしい』

「サンキュー、助かった。忙しいのに悪かったな」

『いや、息抜きになってちょうどいい。同じ聞き込みばかりで飽きてたとこだ』

西野はそんなふうに言って笑う。今、どんな事件を追いかけているのか知らないが、捜査に進展がないらしい。

『それ、何かでかい山になりそうだったら、真っ先に俺に教えろよ』

「わかった」

事件へと発展する可能性はゼロではない。事件になれば警察の力が必要になる。刑事には検挙率が大事だ。そこそこの出世はしたいという西野にとっては、事件になりそうなネタには関わっておきたいらしい。

西野が電話を切った後、すぐに電話はファックスを受信する。排紙されるのを待ちきれず、健介は排出中の用紙を捲《めく》り上げて目を通した。

個人の名前の隣には住所、さらにその横に施工会社の名前が記されている。西野は建材メーカーに当たり、納付先と施工業者の両方を調べてくれたようだ。国家権力を大いに発揮したのだろう。そうでなければ、これほどの短時間でわかるはずがない。

かなりの前進だ。健介の気分は高揚し、表情にも活気が出てくる。

今すぐにでもこの表を元に調べに行きたいが、まだ勤務中だ。早く仕事を片づけたからといって、早く終わる仕事ではないが、健介は再び原稿に目を戻した。

やたらに長く感じた一日の勤務が終わった。そうなれば後は自由だ。一刻でも早く、手に入れた一覧表を確かめようと、健介は交番から署へと急ぐ。

署で着替えを済ませ、その足で駅に向かった。住所を見れば、どの辺りか最寄り駅はどこかがすぐにわかる。これから、一覧表を頼りに一件ずつ当たるつもりだった。

夜だから外観ははっきりとは見えないが、それは昼間でも同じなのだ。門の中には入れないし、写真と照らし合わせられるほどの距離には近づけない。それでも現地に行けば、その家の住人について、周辺から情報を得られる。そうやって完全にシロだとわかるものを除いていくしか方法はないと考えていた。

リストの中で一番近い場所を一軒目に選んだ。その家に着いたはいいものの、一切、明かりがついていなかった。

誰も住んでいないのだろうか。健介は明かりの消えた真っ暗な家を見上げる。部屋の中だけでなく、門灯もついていないし、表札もない。それに人が住んでいれば、雰囲気でわかるものだが、ここは少なくとも一ヵ月以上は人が住んでいない気がする。

警察官の勘とでもいうのだろうか、不審者を見かけたときのように怪しいと感じた。

どこか忍び込める場所がないか、健介は家の周りを一周する。正面は玄関に続くアプローチがあり、道路に面したところには門扉と駐車場の鉄柵《てっさく》がある。それ以外は庭を覆うための目隠し用にか、生け垣があった。両隣には家があり、境目はブロック塀だ。後ろに回ってみたが、小さな路地に面したところには裏口以外、ブロック塀で囲まれている。

忍び込むとしたら、街灯の光が差し込まない、この薄暗い路地側からだろう。どうしても中を見て、確認したかった。健介がブロック塀に手をかけようとしたときだ。

「おい、お前」

決して大きくない声に呼びかけられ、振り向く間もなく、腕を捕まれた。

健介は自分の腕を摑《つか》む男の顔に、驚いて息を吞《の》む。そこにいたのは険しい顔の阿久津だった。

「ちょっとこっちへ来い」

阿久津に腕を引かれ、そこから離れた路地へと引き込まれた。

「こんなとこで何やってんだ?」

阿久津が訝《いぶか》しげな視線を向け、詰問する。

「何って別に……」

まさか、他人の家に忍び込もうとしていたなどと言えるはずもなく、健介は口ごもる。

勤務中ではない証拠に、健介は私服だった。それに交番からも離れているし、寮からも遠い。

繁華街ならともかく、ただの住宅街にどんな用があるのか、上手な言い訳が見つからなかった。

「そっちこそ、この辺りにどんな用があるんだよ」

答えられない代わりに、健介は阿久津を攻撃する。阿久津の会社はここから遠いし、仕事の
キャンセルが続いているらしいから、現場に出かけた帰りというわけでもないだろう。

「お前が言ったんだろ。しけた顔してんなって」

「そんな言い方してねえよ」

せっかく励まして言ったのに、そんなふうに取られるのは心外で、健介はムッとする。

「似たようなもんだ。だから俺を陥れようとした相手を捜す気になった」

「それじゃ……」

健介はその先の言葉を呑み込んだが、阿久津はわかっているとばかりに頷《うなず》いて見せる。阿久
津は落ち込んだままではいなかった。自ら動き出す決心をしたのだ。

「それで、お前は？」

改めて質問が振り出しに戻る。健介は何かこの場を言い逃れられる答えを探して視線を彷徨《さまよ》

わせた。

「ま、それは後回しだな。こんなとこにいちゃ、目立ってしょうがねえ」

そう言って、健介の腕を摑んだまま、さらに遠くへと歩き出した。確かにこんな住宅街に住人でもない、見慣れない男の二人連れは人目につきやすい。いくら人通りがなくても、家の中から姿を見かけた住人に、不審者だと通報されてもおかしくなかった。

「わかったから、放せよ」

捕まれた場所から阿久津の熱が伝わってきて、考えないようにしていたことが蘇《よみがえ》る。健介はぶっきらぼうに言って、強引に腕をふりほどく。阿久津も無理に再び腕を摑もうとはしなかった。

誰に会話を聞かれるかもしれないことを恐れ、二人は黙ったまま、住宅街を抜け、最寄りの駅へと到着した。どこか店に入るでもなく、阿久津は道ばたのガードレールに腰掛ける。

「近藤から電話をもらった」

阿久津がさっきの健介の質問に答えるように、口を開く。阿久津と近藤とは恋人同士なのだから、すぐに話が漏れるのは当然だ。わかっていたが、健介は口止めをしなかった。阿久津に隠さなければならない理由があると、近藤に勘ぐられるのを避けたかったのだ。

「だから、お前の後を尾《つ》けさせてもらった」

啞然《あぜん》として言葉が出なかった。尾行されることなど考えていなかったから、後ろを警戒もしないし、気づきもしなかった。

「仮にも警察官だ。素人の俺たちが調べ回るより、よっぽど早く核心に近づくだろうってな。勤務終わりの時間を狙《ねら》って、署の前で待ち伏せをしてた」

「あんたなあ」

悪びれもしない阿久津の態度に、健介は怒りを通り越し、呆《あき》れてしまう。

「それでお前がこの駅で降りたとき、あの家に先回りしたんだ」

阿久津はもう見えなくなった家の方角に目をやった。

「ってことは、あの家を知ってるんだな？」

驚きつつも問いかけた健介に、阿久津ははっきりと首を縦に振る。

「あの家が例の欠陥住宅であることは間違いない。ただし、俺が作ったもんじゃねえけどな」

ようやく阿久津の口から真実が聞けた。阿久津の仕事ではないと信じていても、その口から聞けてホッとする。

「じゃあ、なんで？　契約書は？」

健介は疑問を直球でぶつける。ブログには、阿久津建設と阿久津個人の名前の入った契約書が、証拠としてあげられていたのだ。

「契約書は作ったからな」

「契約書はって？」

阿久津の言い方が引っかかり、健介は同じ言葉を繰り返す。

「最初は受けたんだよ」

阿久津はうんざりしたような顔で説明を付け加えた。

「いくら施工主でも一日ごとに言ってることが違うんじゃ、仕事にならない。最初の図面通りに仕上げるか、契約を解除するか、どっちにするんだと迫ったら、解約を選んだ」

「あんたはどこまで？」

「図面を引いて、建材を発注するまでだ。そこで揉《も》めたんだよ。発注した後で、何を変えろアレはやめだと言われてな」

つまり阿久津は実際の施工には関わっていないのに、欠陥住宅を作った張本人に仕立て上げられたというわけだ。

「だったら、その腹いせにあんな家を建てたのか？」

健介は思いつく理由を口にした。わざわざ阿久津建設の名前を出して批難する理由が、他には考えられない。

「まさかだろ。そんな理由で自分の家を犠牲にするか？」

施工主は自分で解約することを選んだ。それに阿久津が手を引いた後、家が完成したのなら、こんな家にしたのは他の業者だ。阿久津はあの家が完成しているのを見たとき、それに気づいた。

「だったら、他にどんな理由が？　思い当たることがあんのか？」

阿久津は何か思うところがあるのか、健介の質問にすぐには答えなかった。

沈黙が二人の間に流れる。周囲には駅の賑やかさがあるのに、妙な静けさを感じた。

「あのブログは、あの家の人間が作ったもんじゃない」

阿久津は自信たっぷりに答えた。今の阿久津にはあの夜のしょげていた雰囲気は、欠片《かけら》も感じられない。

「なんでわかるんだ？　誰かに聞いたのか？」

「いや、あそこは六十代の夫婦の二人暮らしだ」

「いくら年配の夫婦でも、パソコンができないって決めつけるのはおかしいだろ」

ブログに関して、健介などはどうやって書き込むのかも知らないが、後輩の岩尾《いわお》によると趣味のブログには高齢者によるものもあるのだと、以前に聞いたことがある。

「建て替える前の自宅にも何度か訪れた。そのとき、あの家にはパソコンがなかった。一年であのブログを作るまでに操作を覚えられると思うか？」

阿久津の言葉には説得力があった。施主がどんな経歴の人間かは知らないが、阿久津の断言の仕方では、パソコンに触れる職業ではなかったようだ。

「それじゃ、他人があのブログを作って、あんたに罪を被せたっていうのか？」

「そういうことになるだろう」

「なるだろうじゃねえよ。そこまでわかったんなら、もっと動けよ」

相手を訴えるという手段はないのか。施工主に契約書を誰に見せたのか問いつめるとか、実際にあの家を建てた建設会社に当たるとか、どちらにせよ、こんなところで呑気《のんき》に健介と話している場合ではない。

「それはそれとしてだ。もう一つ大事な問題があるだろ」

阿久津は急に表情を変え、真剣な瞳を健介に向ける。何もかも見透かしたような瞳だ。視線に射すくめられ、声が出なかった。何か言わなければまずいと思うのに、頭も口も強張《こわば》って動かない。

阿久津は健介を戸惑わせるに充分な間を取ってから、もう一つの問題を口にした。

「なんであのとき黙って帰った?」

健介があえて触れないようにしていたことを阿久津は切り出してきた。

「用があったんだよ」

健介は視線を逸《そ》らして答える。我ながら嘘くさいとは思うが、本当の理由など言えない。自分自身にさえうまく説明できないのだ。

「わけわかんねえなぁ」

阿久津は頭を掻《か》いて、

「俺を置き去りにするかと思や、今度は俺のために非番を潰《つぶ》そうってんだから」

「別にあんたのためじゃ……」

「一市民のためってか？」

健介を遮り、阿久津が問いかける。

「そうだよ」

「ただの一市民のために、ずいぶんな体の張りようだな」

非番を潰したことだけではない。阿久津はあの夜のことを言っているのだ。誰にでもあんな真似をするはずがないとわかっていて、健介から何か言葉を引き出そうとしている。

阿久津だから、阿久津を慰めることができるのならと、身を任せた。阿久津への特別な感情がなければできなかった。

もしここで好きだと言えば、何か状況が変わるのだろうか。

いつからなのかはわからない。阿久津に父親像を見つけたときなのか、それとも阿久津の手でイカされたときなのか、気づけば阿久津のことばかりを考えるようになっていた。それが好きだからだとはっきり自覚したのは、阿久津に抱かれることを許した瞬間だ。阿久津に恋人がいるとわかっても、その手を感じたいと思ったのだ。

けれど、そんな感情は阿久津には言えない。男を好きになったと認めることも、思いを拒絶されることも怖かった。

顔を伏せていても、痛いくらいに阿久津が見つめているのがわかる。健介の答えを待っているのだと思うと、ますます顔が上げられなかった。

「お前、この後は暇なんだろ？」

阿久津は急に話を変えた。健介がここに来たのは問題の住宅を探すためだった。それはもう突き止めたのだし、しかも阿久津に知らせるまでもなかったとなれば、健介に用がないのは明らかだ。

「だったらなんだよ」

ようやく答えられる質問になり、健介はホッとしつつも素っ気なく言ったのだが、阿久津は気を悪くしたふうもない。

「ちょっと付き合え」

阿久津は返事も聞かずに先に歩き出した。

「おい、どこに行くんだよ」

健介は尋ねながらも、後を追いかけた。きっとこの欠陥住宅の問題に関わる行動を起こそうとしているに違いない。犯人に心当たりがあるようなことを言っていたからだ。阿久津がどう決着をつけるのか知りたかった。

「行けばわかる」

阿久津はそうとしか答えず、駅構内へと入っていった。健介もそれに続き、阿久津に買い与えられた切符を手に改札を抜け、電車へと乗り込む。地下鉄の初乗り運賃の切符だった。目的地はそれほど遠くない。健介からしてみれば、寮に近づくことになる。

電車では近くに立っているのに無言だった。健介から話は振れない。さっきの話を蒸し返されたくないから、何も言えなかった。

「次で降りるぞ」

わずか二駅で阿久津に促される。まさに寮の最寄り駅だが、駅からは寮と反対方向に歩き出す。それでも健介には覚えのある道だった。

「なあ、ここって」

健介は自分の想像を確かめようと声をかけるが、阿久津は黙って歩くだけだ。やがて五日前に健介が来たばかりの公園を通りすぎ、阿久津はようやく足を止めた。

四階建てのビルの二階に、『新橋《しんばし》設計事務所』と書かれた看板が上がっている。名刺で見て知っている。近藤の働く会社だ。

「なんで、ここに?」

知らず知らず問いかける声が上擦った。電話で話しただけでも後ろめたさで土下座したくなるのに、二人が揃った場所にいて冷静でいられる自信はなかった。

「手っ取り早く決着をつけるかなってな。たぶん、あいつもそれを望んでんだろ」

健介に答えるというよりも独り言のように言うと、阿久津は先にビルの中に入っていった。

その言葉の意味が知りたくて、健介は後を追う。

阿久津はどうやらこの事務所に何度も来たことがあるようだ。駅からも迷わなかったし、事務所のドアを開けるのにもためらいはなかった。

「邪魔するぞ」

阿久津は居丈高に言い放つ。近藤以外の社員がいたらどうするのだという言葉は、人気《ひとけ》のない室内の雰囲気で呑み込んだ。部屋にいたのは近藤一人きりだった。

「阿久津さん……」

近藤がうろたえた顔で立ち上がる。健介はその態度に不自然さを感じた。突然、訪ねられて驚いただけには見えなかった。

「お前が狙ったとおり、例の家に辿《たど》り着いたぞ」

近藤に向かう阿久津の表情にも声にも、以前のような親しげな雰囲気はなかった。

健介は阿久津の言葉を聞きとがめる。阿久津の言いようでは、健介があの家に辿り着いたのは、まるで近藤に導かれたからになる。

「狙いって、俺は別に……」

「こいつを利用したろ?」

阿久津は近藤を遮り、顎《あご》で健介を指し示すと、近藤はサッと顔色を変えた。健介は阿久津の険しい顔と、近藤の血の気の失った顔を見比べる。

短い言葉のやりとりしかなかった。それなのに二人には全て通じ合っているようだった。

「どうしてわかったんですか?」

近藤が力なく問いかける。

「お前の性格を考えりゃあな。俺には世話になった。だから教えてやりたいが、あいつのことを考えると自分じゃ言えない。そういうことじゃねえのか?」

「そのとおりです。でも、まさか彼があんなことをするなんて思いませんでした」

近藤はうなだれたように言った。

「俺もだ」

答える阿久津にもさっきまでの険しさがない。どこか痛ましい表情をこの場にいない彼に向けている。健介の知らない『彼』が首謀者であると、阿久津も近藤もとっくに知っていたということだ。

「俺にもわかるように話せよ。誰が犯人だかわかってんのか?」

その問いかけに、阿久津はああと短く答え、近藤は神妙な顔で頷いた。

「いつから知ってた?」

自分だけが何も知らなかった。踊らされていたのかと思うと、腹立たしさで健介の言葉尻がきつくなる。

「俺はさっきの家を見た瞬間だ」

阿久津の言葉に嘘はない気がする。それならと、健介が近藤に視線を向けると、不自然に瞳を伏せた。

「お前は、例のブログとやらを見たときじゃないのか？」

阿久津が代わりに答えたが、図星だったのか、近藤は否定しなかった。

「そんなに早くから？」

健介は怒るよりも呆気《あっけ》に取られた。最初に電話をかけたあのときから、近藤は犯人が誰か知っていた。深い付き合いなら気づけたのかもしれないが、阿久津を心配する様子が嘘だとは思えなかった。

「すみません。でも、どうしても言えなくて……」

悲痛な表情を見せる近藤に、健介は責めることができなかった。

「俺が降りた後、代わりにあの家を建てたのは、昔、俺のところにいた奴だ」

近藤ではなく、阿久津が説明する。近藤から詳しい事情を聞かなくても、阿久津には全てわかっているようだった。

「俺んとこにいたのは、二年だったか？」

阿久津が確認を求めると、社員でもないのに近藤が頷く。

「その元社員がなんでこんなことを？」

「俺のことがそれくらい嫌いだったたってことだろ」

「違うんです」

近藤が思いきったように口を開く。

「彼は阿久津さんのことを嫌ってなんかいなかった。むしろ、尊敬していたんだと思います」

とても理解できない近藤の説明に、健介がもっと詳しく問いかけようとしたが、それより先に阿久津が近藤に思いがけない質問をした。

「まだあいつと付き合ってたのか？」

阿久津の問いかけに、近藤は首を横に振る。阿久津と知り合う前なら、男同士で付き合うと聞いても、仕事関係や友人関係の付き合いだとしか思わなかっただろう。だが今は違う。二人の雰囲気からそれ以上の付き合いがあったのだとわかった。

そうなるとわからないのは阿久津との関係だ。二人が恋人同士だと思っていたのに、近藤には他に付き合っている男がいたらしい。しかも阿久津は近藤を責めないし、近藤にも浮気や二《ふた》股《また》をしていた罪悪感は感じられない。

「ただ、別れた原因を阿久津さんだと思いこんでて……」

「嫉妬《しっと》がらみってわけか。だから俺は早く別れろって言ってたんだ」

阿久津は納得したように言い、近藤は気まずそうに瞳を伏せる。

「全然、話がわかんねえんだけど」

部外者なのは承知の上だが、ここまで連れてきたのは阿久津だ。説明を求める権利はあるはずだと健介は口を挟む。

「ああ、悪かった。こいつに未練たらたらの元社員が、俺への当てつけで、俺が降ろされた仕事を引き受けた。だが、あの施主はあいつには荷が重すぎたんだ。結局、あいつにできたのは手抜き工事で納期に間に合わせることだったんだろ」

ようやく納得できる答えが与えられた。つまりはこういうことだ。施主の要求をそのまま呑んでいたのでは、いつまで経っても工事は始められないし、費用も予算内になど到底収まらない。阿久津はそれを正直に伝え、無理だと降りた。だが、その元社員は阿久津にできないことをやって見返したかった。もっとも施主にしてみれば、どこの会社が引き受けようが態度を変えるつもりはない。阿久津にしたのと同じように無茶な要求を繰り返した。

「電話が一度、かかってきました。助けてくれないかって」

全てを打ち明けると決めたのか、近藤はさらに言葉を付け足した。

「だから、噂を聞いたとき、すぐにあいつがしでかしたって気づいたのか?」

「そうです」

この態度では別れたと言いながらも、近藤にも未練があるように見えた。そうでなければ、すぐに阿久津に報告していたはずだ。

事の真相が明らかにされた。けれど、誰も何も言い出さない。沈黙に耐えきれなくなったのは健介だったのだ。

「で、どうするんだ?」

健介は阿久津に尋ねた。事情がわかったところで、阿久津の仕事がキャンセルになった事実は消えない。

「被害届を出すか？　それとも民事訴訟でも……」

「どっちも面倒だな」

強がりではなく、阿久津は本当にめんどくさそうな顔で、健介の言葉を遮った。

「面倒って、あんたな」

健介は呆れるを通り越して腹が立ってきた。阿久津の無実を証明しようと走り回った自分が馬鹿みたいに思えてくる。

「ブログはすぐに消させます」

阿久津の代わりに近藤が答えた。

「それだけじゃ、本当は誰があの家を建てたのかが、世間にはわかんないじゃねえか」

健介は初めて近藤に対して声を荒らげた。悪評をばらまいておきながら、ブログを消して終わりでは、阿久津の名誉は回復されない。

「今、裁判中なんです。あの欠陥住宅のことで……」

呆れ果てて言葉もなかった。犯人は見ず知らずの男だが、訴えられている最中に嫉妬から他人を中傷するブログを作っているなど、ろくでもない。近藤もそんな男のどこがよかったのか、まだ庇《かば》うように男のマイナスになる要因は増やしたくないとまで言っている。

「お前が庇えば、あいつはますます立ち直れない」

「そう、……かもしれません。でも、一度は本気で好きになった人なんです。昔はあんな人じゃなかった……」

二人はまた健介を疎外して、二人だけにしかわからない会話をする。元恋人への近藤の想い、それに対して阿久津がどう思っているのか。どちらも健介には量り知れなかった。

「後は二人で話し合えよ」

健介はそう言って、返事も聞かずにその場を立ち去る。何か阿久津が叫んでいたような気がするが、耳を塞いだ。これ以上、二人が親密にしているところを見ていたくなかった。健介の入り込めない空気が嫌だった。だから足早に逃げ去ったのだ。

阿久津はまだ犯人がわかっていないときから、今回のことに近藤が関わっていると薄々気づいていたような気がする。だからこそ、積極的に動こうとしなかったのではないか。それが、近藤が健介に協力したと聞いて、それならと腰を上げたに違いない。やはり自分は蚊帳《かや》の外だ。事件が解決したというのに気分は晴れなかった。

自転車なら二十分の距離も徒歩なら一時間以上もかかる。それでも、健介は寮まで歩いて帰った。

すっかり夜も更け、寮に着いたときにはもう十一時を過ぎていた。

門の前に人影が見えた。入るところか出るところなのか、近づいていった健介の目に飛び込んできたのは、久しぶりに見る史也《ふみや》の姿だった。

「こんな時間まで何やってんだ」

健介は大人の顔で、子どもの史也を叱《しか》った。門限のあるなしではなく、未成年がうろうろしていい時間ではない。

「そっちこそ、夜勤でもねえくせに、早く帰って来ないからだろ」

史也は拗《す》ねたような顔で健介を責めた。どうやら史也はここに来る前に交番に顔を出し、そこで健介が日勤だったことを知ったらしい。

「俺にも付き合いくらいあるんだよ」

阿久津のことを言わないほうがいいと、健介は素っ気なく答える。

史也と顔を合わすのは、二週間ぶりだ。忘れていたわけではなかったのだが、それどころではなかった。それに父親に対して邪な想いを抱いていることの後ろめたさもあって、会いたくなかったのだ。

「誰と会ってたんだ?」

史也は詰問口調で問いかけてくる。二週間も顔を見せなかったから、もう飽きたのかと思ったのだが、そうではなかったようだ。

「お前に言う必要はない」

「親父だろ?」

決めつけた言い方だった。史也に言えない相手は阿久津だけだと思っているのだ。実際にそうでも、いつまでも自分が親子関係にヒビを入れる原因になっているのも問題だと思い直す。

「ちょっと場所を変えるか」

健介は史也を従えて歩き出す。ただ話をしているだけでも、相手が制服姿の高校生では何事かと寮仲間に思われかねない。

行き先は決めていなかったが、史也を自宅に帰すのなら、駅に向かっておけば間違いないだろう。

「こんなに遅い時間まで外にいて、お袋さんが心配してるんじゃねえのか?」

歩きながら隣に並んだ史也に問いかける。追い返そうとしてではなく、史也本人も母親には心配かけたくないと言っていたのを覚えていたからだ。

「今日は遅いんだよ」

「仕事は何をしてるんだ?」

「看護師」

史也の簡潔な答えに、遅くなる理由がすぐに納得できた。それに勤務形態をわかっていれば、親にばれずに夜遊びは可能だ。

健介もこれくらいの頃は金もないのに、遅くまで遊んでいた。今となれば、それが無意味だったこともわかるのだが、おそらく言葉でそれを説得したところで、理解できないだろう。当時の自分がそうだった。

「それでも、遅すぎるのはまずいだろ」

「俺が家にずっといると、お袋だって困んだよ。男を連れ込めねえからな」

健介は咄嗟《とっさ》に言葉が出なかった。どんな顔をして言っているのかと、史也の表情を盗み見たが、気にしているようには見えない。

「もうそろそろ再婚してもいいと、俺は思ってんだけど」

「ずいぶんと大人の意見だな」

言葉だけでなく表情も、高校生らしくない。外見が大人びているだけでなく、内面でも同級生たちよりは大人だろう。

「もう五年も付き合ってんのに、今更気を遣われても、それこそいい迷惑だっての」

「五年？」

どこかで聞いたことのある期間だと、健介は聞き咎《とが》めた。

「離婚の原因、お袋の浮気だから」

健介の疑問を読み取ったように、史也はあっさりと答えた。健介はなんと言っていいかわからなかった。てっきり阿久津の側に原因があると思いこんでいたのだ。

「お袋は親父がバイだって知ってて結婚したんだ。離婚するときにどっちについていくかって話になるだろ？　そんときにお袋が全部ちゃんと話してくれた」

阿久津が結婚をしようと決めた女性だけある。潔い人だったようだ。隠したりしなかったのが、かえって史也の信頼を得たらしく、母親のことを語る史也の表情に嫌悪の色はない。

「あんな親父でも、結婚している間は遊びは控えてたらしい。けど、その代わり仕事人間すぎたんだってよ。俺は小さかったから覚えてねえけど、ほとんど家にいなかったって」

いつかの阿久津を思い出す。独立したときのこと、自分の家を建てるのが夢だったと語った阿久津。そのために必死だったのだろう。だが、皮肉なことにそれが家庭を顧みる暇をなくしてしまった。

「俺は正直、どっちでもよかった。っていうか、片方しかいないならどっちでも一緒だろ？　選べなかった俺に親父が言ったんだ。男なら母親を守ってやれって」

意外な阿久津の素顔だった。阿久津にそんな誠実な男の顔と、父親としての一面があるとは知らなかった。

「なんで俺にそんなことを言うんだ？」

「言わないでいるのは、卑怯《ひきょう》だと思ったんだよ」

史也はぶっきらぼうに答えた。相変わらず阿久津をライバル視していて、男として、阿久津に負けないために、条件を一緒にしておきたいらしい。

「知ったからって、何か変わるわけじゃ……」

「ホントか？」

史也は疑うような視線を向けてくる。阿久津との関係を疑っているのだ。

「そのわりには、親父に会ってんじゃねえか」

「それは……」

「やっぱりな」

言い淀《よど》む健介を史也が睨《にら》む。こういう表情は阿久津とよく似ている。

「親父と俺とじゃ、どこが違う?」

真剣な史也の問いかけに、健介も考えてみる。年は違う。健介は二人のちょうど真ん中くらいの年になる。男なのはどちらも同じだ。それまで男相手にこんな感情を抱くなど、考えたことも、疑ったこともなかった。それなのに、どうして阿久津でなければ駄目なのか。

「お前はさ、弟が一人増えたようにしか思えない」

考えた挙げ句、阿久津のことには触れず、史也についてだけ答えた。結局はそういうことだった。心配したり、親の立場になって考えてみたり、全ては弟のような庇護《ひご》すべき存在だとしか思えないから、それ以上には発展しない。

「増えたってなんだよ」

「俺は兄弟が多くてな。それにお前と年の近い甥《おい》っ子までいる」

「誰が弟になりたいなんて言った?」

史也の顔に傷ついたような翳《かげ》りが浮かぶ。けれど、ここで期待を持たせるようなことは言えない。健介は携帯電話を握りしめた。史也からもらったストラップはもう外している。

「この先もずっと、お前を恋愛対象には見られない」

健介はきっぱりと言い切った。期待を抱かせないために、今は辛《つら》くても、他に気が向くようにしたほうがいい。阿久津の言葉が蘇る。

史也は何も言わなかった。今にも泣きだしそうな顔を隠すように、健介に背中を向けた。そして、そのまま駅に向かって走り去る。もちろん、健介に声をかける資格はない。

めまぐるしい一日はほろ苦い締めくくりとなった。今日はもう寮に帰って、とにかく寝てしまおう。考えることが多すぎる。

阿久津はきっとそのうち健介を訪ねてくるだろう。もう一つの大事なことがまだ解決していないのだ。だが、阿久津にはもっと大切な仕事のことが完全に解決していない。人任せにするのもどうかと思うが、それが全て解消されるまでは、健介に与えられた猶予期間だと思うことにした。

6

猶予期間は長くは続かなかった。

健介《けんすけ》がカウンターで日勤表を書いていたとき、すぐ目の前にある電話が鳴りだした。誰が出るとは決まっていないから一番近くにいた健介が受話器を持ち上げた。

「はい、駅前交番です」

相手が誰でも緊急の用件であったとしても、落ち着いた対応をしてもらえるよう、健介は柔らかい声音で応答した。

『お前が出たか。ちょうどよかった』

聞こえてきたのは阿久津《あくつ》の声だ。あの夜、近藤《こんどう》の会社で別れてから三日が過ぎ、その間、声すら聞いていなかった。

その後どうなったのかは、近藤から説明を受けていた。健介にも迷惑をかけたからと、近藤はわざわざ電話をし、その後、訪ねても来てくれた。

結局、阿久津は何もしなかったのだ。キャンセルになった仕事はこれからまた信頼を取り戻していくからと、ブログを消すことだけでいいと言ったらしい。近藤は阿久津への感謝の気持ちと、元恋人が立ち直るきっかけになるようにと、記事を消す代わりに謝罪文を上げさせた。

元恋人の実名入りでだ。そうやって事件は終わりを迎えたのだった。

『お前の連絡先をここしか知らねえってことに、今日気づいた』

電話の向こうで阿久津が苦笑しているのがわかった。健介にいたっては、阿久津の事務所の場所しか知らない。電話番号は電話帳で調べればわかるのだろうが、それはしなかった。阿久津はそうやってここの番号を調べたのだろう。何度も顔を合わせていたけれど、携帯番号を教え合うような機会はなかった。

『仕事は何時に終わるんだ？』

「何時って、夕方には……」

電話も突然なら、その質問も唐突で、健介は誤魔化すこともできずに正直に答えてしまう。

『だったら、その後、俺の事務所に来てくれ』

そう言うと、阿久津は健介の返事も待たずに、一方的に電話を切った。健介は啞然《あぜん》として、電子音しか流れない受話器を見つめる。

「おう、どうした？」

電話で話していたことに気づいた三谷《みたに》が、奥から顔を覗《のぞ》かせた。ちょうど交替で昼休憩を取っていたときだったのだ。

「たいした用じゃなかったんで、大丈夫です」

健介は奥に向かって返事をする。三谷も阿久津を知っているが、彼からの電話だとは言わなかった。私用でこの電話を使ったと知られるのが嫌というよりも、阿久津の名前を出したときに、自分がどんな顔になるのか、それがわからないのが怖かったのだ。

わざわざ阿久津が健介を呼び出す理由は一つしかない。近藤から健介に事情を話したことを聞かされているだろうから、残るのは個人的な問題しかなくなる。

時間が過ぎるのが恐ろしく早かった。気持ちの整理を着けてからと思うものの、時間は待ってくれない。

猶予期間の間に、何か言い逃れのできる答えを探しておくつもりだったのに、結局、先送りにしただけで、何も思い浮かんではいない。到底、夕方までの短い時間で答えなど出るはずがなかった。

勤務を終え、署で着替えている間も、ずっと迷っていた。返事をしていないのだから、行かなくてもいい。けれど、私服になった健介の足は、自然と阿久津の事務所へと向かっていた。ただ、阿久津に会いたかったのだ。

三度目の訪問になる阿久津の事務所に着いた。今日は明かりがついている。

夜間は応えないことがわかっているから、もうインターホンは押さなかった。

健介は一つ深呼吸をして、決して動揺を悟られないよう強気な態度を貫こうと決めた。阿久津が何を言い出しても、気持ちだけは打ち明けない。抱かれたのも男同士に興味があったのだと言い切ろう。阿久津の顔だけ見られればそれでいい。

「何の用だよ」

健介はドアを開けながら、中にいるはずの阿久津に向かって問いかけた。

事務所内は明かりが全てついていて、部屋中を見渡せる。過去に二度、訪ねたときには阿久津しかいなかったから、てっきり今日もそうだと思いこんでいた。

「健介さん」

呼びかけられた声に驚き顔を向けると、同じように驚いている史也《ふみや》と目が合う。

「なんでいるんだ？」

史也がいることを不思議に思い、健介は史也ではなく阿久津に問いかけた。健介を呼び出したのは阿久津だ。もし仮に史也がいきなり訪ねてきたのだとしても、阿久津なら平気で追い返すだろう。そうしないのは、史也も呼び出されたからに違いない。

「いやな、こいつにはちゃんと言っとかねえとわかんねえからな」

デスクに腰を預けて立っていた阿久津は、健介を手招きして近くへと呼び寄せる。

「ったく、用があるなら自分から来ればいいだろうが」

史也の手前、親しげな態度は取れない。健介はぼやきながら阿久津に近づいていく。

「まあ、そう言うな。お前が来ないと始まらねえんだよ」

間近まで迫ったとき、ふいに腕を取られた。引き寄せられ、勢いでそのまま腕の中に抱き留められる。咄嗟《とっさ》のことで抵抗できなかった。

「おいっ」

両腕を背中に回され、拘束された状態になり、健介は阿久津の胸の中で抗議の声を上げる。

「まあ、黙ってろ」

阿久津は腕の力を緩めず、それどころか史也に見せつけるように耳元で囁《ささや》きかける。

「史也、お前も薄々気づいてんだろ？　こいつが俺のものになったってな」

「馬っ……」

とても息子に言う台詞《せりふ》ではない。健介は呆《あき》れ果ててしまい、罵倒《ばとう》する言葉にも詰まった。

「どうなんだよ、健介さん」

史也は阿久津にではなく、健介に事実を確認する。阿久津では言い負かされると思っているのだろう。その点、健介は嘘《うそ》が吐けない性格だと、短い付き合いの史也にも見抜かれている。

「どうって……」

否定しようにも、関係を証明しているかのようなこの体勢に、上手《うま》く言葉が出ない。

「なんでだよ。なんで、俺じゃなくて、親父なんだよ」

震える声に込められた史也の心の痛みが、健介にも伝わってくる。三日前に可能性はないと史也には言ってあった。ただ、納得してもらえたかは疑問だ。けれど、それから顔を見せなかったのは、史也なりに考えていたからだろう。それなのにこんなことをすれば、神経を逆なでするようなものだ。

「お前じゃ駄目な理由を教えてやろう。こいつはファザコンなんだよ」

阿久津の言葉に、健介は唖然とする。どうして知っているのか。誰にも話したことなどないから、健介がファザコンなのは、健介しか知らないはずだった。

「本当なのか?」

疑わしげに問いかけてくる史也に、健介は返す言葉が見つからない。阿久津に見抜かれていたことが恥ずかしくて、そのせいで抱かせたと思われているのも恥ずかしかった。

「答えがないのが証拠ってな。わかったろ? お前じゃ、父親のようにこいつを甘やかしてやれない」

史也の視線が突き刺さる。子どもの史也が勇気を振り絞り、事実を知ろうとしている。それなのに大人の健介が黙ったままでいるような卑怯《ひきょう》な真似はできない。

「悪い」

他に言いようがなかった。だが、この一言で思いは伝わったはずだ。理由などない。気づいたときには阿久津でなければ駄目だったのだ。

史也は何も言わなかった。ただ寂しげな瞳を向けただけで、健介に背中を向け、静かに事務所を出て行った。ドアの閉まる音がもの悲しく響く。

「やっと諦《あきら》めたか。若いときは思いこみが激しい。少々きつく言わねえと納得しねえんだよ」

「誰がファザコンだって?」

健介は阿久津を睨《にら》みつけた。史也に対する申し訳ない思いと、結局は阿久津の思いどおりに行動させられてしまったことへの反発もあり、素直に認めたくなかった。

「どう見たって、ファザコンだ。俺ぐらいの年齢の男に弱いじゃねえか。たとえば、交番にいる先輩警官とかな」

気づかれるほど阿久津に見られていたとは思ってても見なかった。健介は動揺を押し隠そうと、わざと乱暴な態度になる。

「そ、それに、俺があんたのものになったとか、勝手なこと言ってんなよ」

さっきの阿久津の言動を指摘する。たった一度寝たくらいで所有物扱いされるなど、健介の男のプライドが許さない。阿久津への想いとは別の問題だ。

「その話は上でゆっくりしようじゃねえか。会社だといつ電話がかかってくるかもしれないからな、落ち着かない」

とても阿久津の言葉とは思えなかった。その落ち着かない場所で、前回は何をしたのだと責めようにも、それは自分にも跳ね返ってくる。

「こっちだ」

健介の沈黙を了解と取ったのか、阿久津が先に二階の自宅へ繋《つな》がる階段を上がり始めた。健介がついてくると決めつけた態度で、振り返りもしないのが腹立たしい。

ついていかないでいられるのなら、そもそもここには来なかった。阿久津も健介が呼び出しに応じた時点でそれを見抜いているのだろう。

少し遅れて健介が二階に足を踏み入れると、殺風景なリビングが出迎えた。

生活感のない部屋だ。一日のほとんどを現場か事務所で過ごしているからだろうとはすぐにわかった。食事をすることさえ滅多にないらしい。キッチンは綺麗なままで食器すら見えていない。

「何、観察してんだ？　女なんか連れ込んでねえぞ」

キッチンを見ていた健介に、からかうような阿久津の声がかかる。阿久津はもうリビングのソファに座っていた。

「あんたの相手は女だけじゃないだろ」

健介は呆れたように言いながら、ソファへと近づいていく。

「妬《や》いてんのか？」

「誰があんたみたいに手の早い奴……」

ムッとして反論した言葉が健介に記憶を蘇《よみがえ》らせる。今も目に焼き付いていて、ずっと脳裏から離れない光景がある。阿久津と近藤が仲むつまじくホテルに入る姿は、どうしても忘れることができなかった。

「なんの話だ？」

阿久津は心外だと表情を険しくして問い返してくる。

「とぼけんな。駅裏のホテルに入ってってたじゃねえか」

「ホテル？　ああ」

阿久津は思い当たったらしく、すぐに表情を緩めて頷《うなず》いた。そのにやついた笑みに嫌な予感がする。

「あれは仕事だ」

「嘘《うそ》吐けよ。ラブホテルになんの仕事が……」

「俺の仕事は？」

健介を遮り、阿久津が今更なことを尋ねてくる。

「建設会社の社長だろ」

「それじゃ、一緒にいたのは？」

重ねて問われて、ようやく気づいた。近藤は以前にも仕事で阿久津に世話になったと言っていた。一緒に仕事をする仲だ。それに交番の前を通りかかったとき、図面を見せに行った帰りだと言っていた。それがあのホテルだったのではないか。

「あそこのホテルの内装を頼まれて、二人で下見に行っただけだ」

健介の想像を肯定する言葉が返される。だが、まだ仕事だと信じ切れない疑問が残る。

「だったら、なんでキスなんか」

阿久津が驚いた顔をして、それからすぐに笑った。

「どこから見てたのか知らねえが、安っぽいネオンだなって、さすがに大きな声では言えないから耳打ちしてたときのことだろ」

言われてみれば唇が触れあったところを見たわけではない。肝心の瞬間は、阿久津の後頭部が隠していた。

「じゃ、あんたと近藤さんって……」

「仕事仲間。気が合うんで飲みに行くぐらいのことはするがな」

一気に肩から力が抜ける。元彼でもなければ、近藤は二股《ふたまた》をかけていたわけでもなかった。全ては健介が勝手に誤解をしただけだった。

「ま、ここに座れよ」

ソファの隣を勧められ、脱力していた健介は言われるまま腰を下ろす。

「それで、俺が近藤と付き合ってると思いこんでたんだな」

問いかけに健介は無言で頷く。

「それなのに俺に抱かれたのはどうしてだ？　どう見たって、お前は浮気とか二股とか許せないタイプだろ？」

いよいよ話が核心に迫る。健介を呼び出した目的が切り出された。ここに来るまではとぼけとおすつもりでいたのに、阿久津はそんなことはわかっているとばかりに、言い逃れの手段を封じてくる。

「もういい加減に認めろ。お前がいろいろ考えてんのはわかる。ゲイじゃないだとか、俺が史也の親父だとか、ああ、恋人がいるのにってのもあったか」

阿久津は次々と健介の葛藤《かっとう》の理由を指摘していく。

「けど、俺に惚《ほ》れちまったんだろ？」

違うと否定したいのに、声が出ない。隣になど座るのではなかった。近距離で見つめられれば動揺して瞳が震えているのを気づかれてしまう。

「お前が惚れるのは当然なんだよ。俺がそうなるようにし向けたんだからな」

「し向けた？」

健介は眉間に皺《しわ》を寄せる。阿久津が何を言っているのか、全く理解できなかった。

「初めて会ったときから、お前の生意気そうな態度が気に入ってたんだよ。どうやって落としてやろうか、久しぶりに真剣に考えた。ちゃんとアプローチしてたろ？」

そうは言われても健介は首を傾《かし》げるしかない。最悪の出会いから今までを振り返ってみても、どれがそのアプローチだったのか思い当たらない。可愛《かわい》いとは何度も言われたが、褒められたと思うよりも馬鹿にされたと腹が立っただけだ。

納得できない顔をする健介に、阿久津がクッと喉《のど》を鳴らして笑う。

「気づいてないとは思ったけどな」

「馬鹿にしてんのか？」

阿久津はそれには答えず、一言で健介を黙らせる言葉を口にした。

「あの夜のことも」

二人にとって『あの夜』は一夜しかない。健介が阿久津を受け入れ、全てを許した夜だ。

「お前の性格からして、弱ってる奴は放っておけない。だから、わざと落ち込んだふりをして、お前の同情を誘ってみた」

黙って耳を傾けていた健介は、まさかと思い、阿久津を見つめた。その顔にはいやらしい笑みが浮かんでいる。あの夜の阿久津は、確かにらしくない態度だった。あれが全て演技だったというのだろうか。

「同情を引いて、お前の注意を向けるだけのつもりだったのに、まさかあそこまでできるとは、俺も予想してなかったがな」

「最低だな、あんた」

だまされていたとわかり、怒りで声が震える。また阿久津にいいように踊らされていた。

「けど、こんな最低な男に、お前は惚れてんだろ?」

「うぬぼれてんじゃねえ。付き合ってられるか。帰る」

健介は腹立ち紛れに立ち上がろうとした。

「待てよ」

座ったままの阿久津に腕を引かれて、健介は阿久津の胸元に倒れ込んだ。

「気の短い奴だな」

「あんたが怒らせるようなことばっかりするからだろ」

「あんときのお前は素直で可愛かったのにな」

阿久津は本当に言葉の使い方が効果的で上手い。いとも簡単に健介を熱くさせる。あのときの自分の姿など知らないが、翻弄《ほんろう》されたことだけは覚えている。阿久津の手に乱され、阿久津の屹立《きつりつ》に泣かされた。

「男とセックスしたこともないくせに、必死だったよな？　どうしてそこまでできたんだ？」

さっきとは打って変わって阿久津の声音が優しくなる。泣いた子どもを宥《なだ》めるように背中を撫《な》でながら、返事を引き出そうとする。

「俺は……」

阿久津の腕の中で健介は言葉を探す。阿久津に恋人がいないとわかった。最初から気になっていたとも言われた。男同士でセックスができることも教えられた。それでも答えに迷っているのは、ただの意地だ。男として、阿久津のシナリオどおりに落とされてしまったことだけが、納得できない。

「黙ってんなら、体に聞くぞ」

阿久津が健介のシャツをジーンズから引き出し始めた。

「ちょ……、待てって……」

健介は焦って腕から逃れようとするが、阿久津は本気の力で拘束を緩めなかった。

「今日も素直なお前を見せてくれよ」

「あ……」

耳朶《みみたぶ》に息を吹きかけるように囁かれ、か細い声が漏れる。耳が弱いと前回で知った阿久津は、健介の抵抗を弱めるため、さらに舌を差し入れてきた。健介は阿久津の肩に手を突き、背中を駆け抜ける快感を堪《こら》える。その隙《すき》に阿久津は遠慮なく健介のシャツをまさぐり、ジーンズから引き出した。

「そうやって良い子にしてろ」

続いて手早くボタンを外し終えた阿久津は、健介の肩からシャツを引き抜いた。

寒くはないが、明かりのついたリビングのソファで、肌を晒《さら》す羞恥《しゅうち》が体を震えさせる。同じ男に見られても恥ずかしいことなどない。そう言い聞かせようとしても無理だった。一度は抱かれた相手だから、自分を性的な対象として見ているとわかっている。それにあのときは月明かりしかなく、しかも背中を向けていたから、こんなふうに痛いくらいの視線を感じることはなかった。

「ちゃんと鍛えてんだな」

阿久津が健介の割れた腹筋をなぞった。それだけなのに、おかしな快感が駆け抜ける。それを阿久津に気づかれたくなかった。

「見るな、触るな」

「馬鹿言え」

阿久津はおかしそうに口元を緩めた。

「お前の体なら全部見たいし、そこら中撫で回したいっての」

阿久津はその言葉を証明するように、腹から腰へ胸へと手を這《は》い回らせた。

「……っ……」

思わず息を詰めたのは、指が胸の尖《とが》りを掠《かす》めたからだ。その反応に気をよくした阿久津が、ニヤッと笑う。

「今日は時間もあるし、じっくりかわいがってやるよ」

信じられないことに、阿久津は胸に顔を寄せてきた。膨らみもない男の胸など愛撫《あいぶ》する楽しみがあるとは思えない。けれど、阿久津の舌は確実に小さな尖りを捕らえた。

「やめっ……」

尖りを舌先で突かれ、背筋に震えが走る。強がる声もまともに紡《つむ》げない。

「ここまで来て、悪あがきしてんじゃねえよ。こうなることはわかってたんだろ」

胸元で話されると息が当たり、それだけで体が熱くなる。

「そうじゃ……ないっ……」

今度は舌全体を使って舐《な》め上げられ、声が掠れ、腰が揺れる。まだ胸へ愛撫を加えられただけだというのに、触られてもいない中心が熱くなる。

胸元に顔を埋めたまま、阿久津は健介をソファへと押し倒した。そうしておいて、健介の下半身を剝《む》き始める。胸への刺激に健介が力をなくしている隙にだ。抵抗する間も与えられない、巧みな動きだった。

ジーンズも下着も靴下まで抜き取られ、何一つ身にまとわない姿にさせられた。裸になるということがこれほど頼りないものだとは知らなかった。

阿久津がようやく顔を上げ、まじまじと健介の裸体を見つめた。熱い視線に犯され、健介は身を捩《よじ》って少しでも体を隠そうとする。

「やっと見られたな」

阿久津は満足げに呟《つぶや》いた。

「ずっと裸に剝きたいと思ってた」

「そんな目で見てたのかよ。スケベ親父」

黙っているのも恥ずかしくて、健介は負けじと言い返す。

「しょうがねえだろ。お前の制服姿がそそるんだ。トイレのときも制服姿に我慢ができずに、つい手を出しちまった。ホントはもっと慎重に攻めるつもりだったんだけどな」

阿久津は全く悪びれないどころか、触れられたくないことまで持ち出してくる。

「予想以上にいい体だ」

太ももの内側に手が添えられた。そして、その手が撫でる動きに健介は溢《あふ》れそうになる息を堪えるために唇を噛《か》み締める。

阿久津はまた胸元に顔を埋めた。中断していた愛撫が再開される。今度は両方の胸を同時に攻められた。左側を指で、右側を口で弄《いじ》くられる。

「あ……はぁ……」

我慢できずに甘い吐息が漏れた。胸だけでこんなに感じさせられているのが恥ずかしかった。中心がとっくに形を変えているのを阿久津が気づいていないはずがない。自分だけがいいようにされているもどかしさ、恥ずかしさに身の置き所がなくなる。このままでは早く触れてほしいと、いやらしくねだってしまいそうだった。阿久津は中心には触れてくれない。足の付け根にまで手を這わせるのに、そこから先には上がってこないのだ。

「あ、阿久津……」

「なんだ？」

顔を上げた阿久津の顔には思わせぶりな笑みが浮かんでいる。

「ここには俺しかいない。何が欲しいか言ってみろ」

触ってほしい。イカせてほしい。そう言えれば楽になれるのに、男の自尊心が邪魔をして、健介は視線を逸《そ》らすしかなかった。震える体を持て余しても、絶対に口にできない言葉だ。

「素直じゃねえなぁ」

阿久津は呆れた顔で笑う。いつも優位に立つのは阿久津だ。同じ男なのに抱かれる側だからと主導権を握られるのでは納得できない。

「いい加減にしろよ」

健介の中で何かが切れた。羞恥も度を超すと、自分でも思いも掛けない行動に出てしまう。

「急にどうした？」

「いつもいつも俺ばっかりやられっぱなしでいられるか」

健介は阿久津の胸に手を突き、反対に押し倒した。体勢を入れ替え、今度は健介が上になる。阿久津なら抵抗できただろうに、面白がっているらしく、阿久津は健介にされるままになっていた。

「何してくれるんだ？」

にやついた笑みを浮かべる阿久津に、負けたくないという男の矜持《きょうじ》が湧き起こる。健介はゴクッと生唾《なまつば》を飲み込み、阿久津のスラックスのファスナーへと手をかけた。

他人のものに触れたいと思ったことも、触れることになるとも、想像したことはなかった。だが、現実には男のスラックスを開き、下着をずり下げている自分がいる。

僅《わず》かに力を持った阿久津の中心が目の前に現れる。健介の肌に触れることで阿久津も興奮していたのだ。その事実が健介に勇気を持たせた。

健介はそっと手を伸ばす。感触は自分のものと同じだった。指を絡ませると、手の中で阿久津がビクッと震える。

一人でするときのようにすればいいと思うのだが、やはり他人のものとなると、ためらいがあってなかなか思うようには動かせない。

「ぎこちないな。自分でするときみたいにやってみろよ」

阿久津に促され、形に添って手を上下に擦《こす》り上げた。だが、その動きを繰り返しても、阿久津はなかなか望むような反応を見せない。反応しないわけではないのだが、完全に昂《たか》ぶりはしない。

「俺をどうしたいんだ?」

からかうような声に、健介は覚悟を決めた。このまま手で刺激するだけでは、慣れた阿久津を勃《た》たせることはできないだろう。

健介はソファの上で背を丸め、阿久津の中心に顔を近づけた。まだ完全ではないのに、健介のよりも大きいそれを、限界にまで口を開き口中に呑《の》み込んだ。そうしておいて、とても奥までは含めなかったが、中程まで引き入れては押し出す動きを繰り返した。

「すげえ、エロい格好だな」

囁く声が熱い。次第に口中の阿久津が大きくなり、苦みが広がる。先走りが滲《にじ》んできた証拠だ。

「俺だけ遊んでるのも悪いからな」

阿久津の手が動くのを健介は目の端で捕らえた。

阿久津は用意周到だった。ポケットからチューブ状のジェルを取り出すと、手のひらに中身を絞り出した。その手が視界から消える。

「……っ……」

後孔に何かが押し当てられ、その冷たさに健介は思わず口を離してしまう。

「我慢しろ。すぐに馴染《なじ》む」

何かの正体はすぐにわかった。ジェルをつけた指先が後孔付近を彷徨《さまよ》っているのだ。何のために必要な行為かもわかっている。健介は息を吐き、次に来る衝撃を堪えた。

「うっ……くぅ……」

指に押し入られ、うめき声が漏れる。押し返そうと締め付けるのを、阿久津は力任せに押し込んできた。前回のように唾液ではなく、今度はそのためのジェルだ。侵入はスムーズだった。口での愛撫などもうできるはずもない。

「今日はちゃんといいとこを可愛がってやるよ」

男のごつい指が健介の中で探り、擦られているのがはっきりとわかる。

「あぁ……」

前立腺の裏を擦られ、声が上がる。苦痛ではなく圧迫感で歪《ゆが》んでいた顔が、その瞬間、快感を訴える色を見せた。

この間は何がなんだかわからないうちに、屹立を押し込まれ、どこを突き上げられたのか認識する前に達してしまった。だが、今は違う。はっきりとここが感じるのだろうと、阿久津の指が教えていた。

「や……んっ……」

指が二本に増やされても、苦痛の声ではなく、淫《みだ》らな喘《あえ》ぎしか出ない。擦られる快感に腰が揺れる。

「よさそうだな」

頭上からふりそそぐ阿久津の声に反論などできない。健介の口から出るのは、言葉にならない喘ぎだけだ。

不意に指が引き抜かれた。健介の意思とは関係なく、そこは名残惜しげに出て行かないよう指を締め付けようとする。

「物足りないか？」

問いかけに違うと首を横に振ってみても、昂ぶった体では説得力がない。

「安心しろ。すぐにもっといいものをやる」

まずは体を仰向けにさせられた。それから両膝《りょうひざ》に手を添えられ、左右に割られる。濡れた屹立もいやらしくひくつく奥も、阿久津の熱い視線に晒される。

阿久津はその間に腰を進めた。

あのときはどうだったのか、健介は必死で思い出す。どうすれば男を受け入れられるのか、心の準備をしておきたかったのだが、力を抜けと言われたことしか思い出せない。だから、せめてもと、衝撃に備えて全身の力を抜いた。

「いい子だ」

子どもをあやすように頭を撫でられ、健介の緊張が解けた瞬間だった。

「うっ……あぁ……」

大きくて熱い凶器が健介を犯した。押し出されるように悲鳴が溢れる。経験はあっても、たった一度では慣れることはできない。生理的な涙で滲んだ視界に、苦しげに眉を寄せる阿久津の顔が映る。健介がこれだけ圧迫感を感じているということは、阿久津も締め付けられて苦しいはずだ。そう思うと、少し気持ちが楽になった。気持ちが楽になると、体の強張《こわば》りも解ける。

それが阿久津に伝わった。

「ちゃんとお前のいいトコを突いてやるから」

だから少し我慢しろとばかりに宥められ、また頭を撫でられる。阿久津は健介の呼吸が整うのを待ってくれた。

「もう……いいから……」

健介は自分からその先を促した。健介も阿久津をイカせたいと思っているのだ。

「なら、遠慮しねえぞ」

　その言葉を合図に、阿久津は健介の腰を摑《つか》みなおし、突き上げを開始した。突き上げられれば体がずり上がる。大人が三人は楽に座れるソファでも、大の男が二人寝転がれば窮屈な大きさだ。すぐに肘《ひじ》掛《か》けに頭が当たり、それ以上、上には逃げられない。突き上げられる衝撃がダイレクトに伝わってくる。

　宣言どおり、阿久津の屹立は的確に健介を狂わせる場所を突いてくる。喘ぎどころか嬌声が溢れ、自分が何を口走っているのかわからなくなる。

「やぁ……待っ……」

　性急に追いつめられ、息が上がり、快感に気持ちがついていかない。体だけが先走り、限界にまで昂ぶらされた中心が切なげに震えている。

「悪いな。待てない。俺も限界なんだ」

　阿久津は膝の裏に手を添え、さらに深く突き上げられる体勢に変えた。そして、ソファが不自然な音を立てるほど激しく腰を使った。

「あぁっ……」

　健介は悲鳴に近い声を上げ、自らの腹に白濁した液体を飛び散らせた。阿久津もまた解き放ったのが、腹の中が熱くなったのでわかった。

　阿久津が健介の膝から手を離し、ゆっくりと自身を引き抜いた。その感触に鳥肌が立つ。不快感からではなく、また別の快感が引き出されたからだ。達したばかりのせいか、際、感じやすくなっていた。

　健介は肩で大きく息をし、なんとかほてった体を鎮めようとする。今、何か話しかけられてもまともに答えることなどできない。だからわざと阿久津と視線を合わさないようにしていたのだが、

「さてと、今日は逃がさねえぞ」

　阿久津は健介の葛藤などお構いなしに、背中と膝裏に手を回し、健介の体を抱き上げた。

「な、何？」

　予期しない行動に慌てるが、まだ体に力が入らない状態では抵抗もできない。かろうじて落ちないよう首にしがみつくだけだった。

「この間もあれで終わらせるつもりじゃなかったのに、とっとと消えてやがるし」

「つもりじゃないって……」

「悪いな。この年になってもまだまだ元気なんだよ」

　何を言っているのだと問いかける前に、阿久津は風呂場のドアを開けた。用意周到なことに既にバスタブには湯が張られている。

　阿久津は先に健介を湯船の中に沈めると、自分は身につけたままの服を脱ぎ捨てる。初めて見る阿久津の裸体だ。四十歳を過ぎているというのに、余計な肉はなく、筋肉の盛り上がりは健介よりも大きい。男として見惚《みと》れる体から目が離せなかった。

「いい風呂だろ」

　まだ完全に理性が取り戻せていない健介は、素直に頷く。阿久津が自慢するだけあって、洗い場もバスタブも大きく、広く取られた窓も、昼間なら明かりが差し込んで、実際以上に開放的で広く感じさせるはずだ。

「ちょっと詰めろ」

　阿久津は中央にいた健介を前に移動させ、その後ろに体を入れてきた。バスタブの中で背中から抱かれるような格好になる。

「俺はアフターフォローまで完璧《かんぺき》な男なんだ。この間できなかった分まで、念入りに洗ってやるよ」

　双丘を撫でながら、阿久津の手がその狭間へと到達した。洗うの意味を実践で教えられる。さっきまで受け入れていたそこは、なんなく指の侵入を許した。

「もう……いいから……」

　健介はバスタブの縁を掴んで、前に逃れようとした。阿久津のことだ。絶対に洗うだけで済まないに決まっている。

「明日も仕事だから、これ以上は……」

「お、いいのか？　警察官が善良な市民に嘘を吐いても」

「な、何……が？」

中で指が蠢《うごめ》き、声が掠れる。

「お前が明日非番だってのは確認済みだ」

「……誰に？」

「三谷さん。なかなか気のいい人だな。お前と俺が仲違いしていると思って、仲直りするようにとまで言ってくれたぞ」

口の上手い阿久津のことだ。きっと言いくるめ、情報を引き出したに違いない。だが今はそんな事情に耳を傾けている状況ではなかった。洗うと言ったからなのか、本当に掻《か》き出すような動きをする指に、健介はまた鼓動を乱される。一度、火がついた体は走り出すのが早い。中心はもう力を持ち始めていた。そうなると、もっと大きな刺激が欲しくなる。

「いいか？」

熱い問いかけに健介は小さく頷く。阿久津もまた昂ぶっているのが、背中に当たる感触でわかっていたからだ。

浮力を借りて体が浮かせられ、そのまま屹立の上に引き落とされた。

「はぁ……」

さっきよりは遥かに楽に阿久津を受け入れ、漏れる吐息も苦しさなど欠片《かけら》も感じさせない。

「ずっとこうしときたいくらい、気持ちいいな」

そんなふうに言うくせに、阿久津は動こうとしない。阿久津の両手は、赤くなった両胸の飾りに伸ばされ、摘《つま》み上げ押し潰《つぶ》すような動きを繰り返す。

「や……阿久津……」

健介は吐息に思いを込める。それだけじゃ足りないのだと、言葉にしないで気づいてくれと訴えた。けれど、阿久津は胸を触り、足を絡ませたりするだけだった。

健介の中心は、はしたなくもまた湯の中に先走りを溢れさせている。もう我慢できない。健介は自らそこに手を伸ばした。

「いやらしいおまわりさんだな」

阿久津の声が笑っている。

「誰がこんな……」

阿久津がそうさせているのだと、震える声で責める。恥ずかしいし悔しいのに、手を動かすのを止められない。

「褒めてんだよ。昼間は厳格、夜は淫乱《いんらん》なんて、男の理想じゃねえか」

淫乱などと称されて嬉《うれ》しいはずはないのに、言葉で嬲《なぶ》られて体はますます昂ぶっていく。そんな体の熱を冷ますには、自分の手だけでは足りない。

「もっと欲しいか？」

さっきは答えられなかった質問に、健介は今度ははっきりと頷いた。

「くれよ……」

「よく言えたな」

ご褒美だとばかりに腰を持ち上げられ、それからは激しい出し入れを繰り返される。

「あ……はぁ……んっ……」

嬌声がバスルームに響き渡る。動きに合わせてバスタブからは湯が溢れ、洗い場に流れ落ちる。水しぶきが顔を濡らし、髪までもが濡れそぼる。

「もうっ……イクっ……」

二度目の絶頂は早かった。健介は阿久津を待たずに、自らを解き放った。阿久津はさらにその後、数度健介の中に打ち付けてから、今度は引き抜いてから達した。

健介はぐったりした体をそのまま阿久津の胸に預けた。互いの鼓動が重なり合い、荒い呼吸も次第に落ち着いてくる。

「それじゃ、そろそろ言ってもらおうか」

阿久津の声が耳元に響く。

「俺に惚れてんだろ?」

もう忘れたかと思ったのに、最初の質問が蒸し返される。体に聞くなどと言って、さんざん好き放題しておきながら、どうしても言葉で言わせたいらしい。

「まだ裸の付き合いが足りないっていうなら、もう一回……」

「ふざけんな。惚れてもない奴と、こんなこと何度もできるかよ」

健介は阿久津の危ない提案を遮り、やけくそになって告白した。

「よく言えたな。俺もだ」

阿久津が健介の頭を優しく撫でる。

阿久津に求めたのは父親ではないけれど、時折与えられる父親のような暖かさに惹《ひ》かれたのは事実だ。

「俺のどこに惚れた?」

阿久津はなおも追及してくる。自信たっぷりな態度を取るくせに、ゲイではない健介に手を出したことを少しは気にしているらしい。それがおかしかった。健介は顔が見えないのをいいことに声を殺して笑う。

「体、とか言うんじゃねえだろうな」

「だったら? あんたが言ったんだろ。体から入る奴もいるって」

「お前な……」

呆気《あっけ》に取られて言葉を詰まらせる阿久津に、健介は初めて一矢報いた気がした。


何がどう変わろうと、健介の警察官としての一日は始まる。

阿久津の部屋で気持ちごと結ばれたのは、もう二日前のことだ。非番だった翌日は逃げるように寮に戻った。そのまま阿久津の家にいれば、またベッドになだれ込みそうな雰囲気だったからだ。仕事の前日にそんなことをしていて、まともに勤務できる自信はない。

『また来いよ』

最後に耳元で囁かれた声は、今もはっきりと耳に残っている。勤務中はできるだけ思い出さないようにして、健介は仕事に励んでいた。

「おまわりさん」

聞き覚えのある声に顔を上げると、史也が初日のときのような笑顔で立っていた。

「なんで……」

健介は言葉を詰まらせる。てっきり、もう顔を出さないだろうと思いこんでいたのだ。そんな健介の動揺を見透かしたように、

「今は親父のもんかもしれないけど、先のことはわかんないだろ」

史也は挑戦的な台詞を口にする。

健介は慌てて周囲を見回した。幸い、三谷は奥に引っ込んでいて、史也が来たことには気づいていないようだ。こんなきわどい会話を三谷に聞かせるわけにはいかない。

「よくよく考えたんだけどな、俺と親父の違いって、年くらいのもんだろ。だったら、俺もいつかは親父くらいになるし、そんとき親父はしょぼくれたじいさんだ。絶対に俺のほうがいいに決まってる」

啞然として二の句が継げない健介に、史也はさらに続けた。

「あんたが男も大丈夫だってわかっただけで、今は充分だよ」

これでは阿久津のしたことは結果的にマイナスだったことになる。あんな恥ずかしい真似をさせておいて、むしろ史也を煽《あお》っただけだ。今すぐにでも阿久津に抗議したいところだが、まだ仕事中だ。それに急がなくてもどうせまた近いうちに会うことになるだろう。しかもそんなにまめな男だとは思わなかったが、会えなくても電話だけは毎日あるのだ。

「お前、またちょろちょろしてやがんのか」

うんざりしたような声が二人にかけられる。顔を見なくてもわかる。阿久津だ。

「親父、仕事はどうしたんだよ」

近づいてきた阿久津を史也が責める。こんな平日の昼間に阿久津がうろうろしているのはおかしい。キャンセルになった仕事の分は取り戻せたとこの間の電話で言っていたのにだ。

「この裏に空き地があっただろ?」

史也に答えているのではなく、健介に向かって問いかける阿久津に、健介は記憶を辿《たど》るまでもなく頷いて答える。交番の真裏というわけではないが、斜め後ろに半年前から空き地になっている土地があった。

「そこに今度家が建つことになった。施工は俺んところだ。ちゃんとなくした仕事を取り返してるぞ」

阿久津は少し得意げに言った。健介が驚いているのが嬉しいのだろう。毎日電話をしてくるくせに、肝心なことは言わない。驚かせようとわざと黙っていたに違いない。

「ま、今日はその挨拶《あいさつ》だ。しばらく騒がしくなるが、よろしく頼むよ」

健介の肩に、阿久津はポンと軽く手を置いた。

裏でよかった。もし工事が正面だったなら、阿久津の姿がちらついて落ち着かなくなる。けれど、そんな気持ちは押し隠す。言えば阿久津を調子に乗らせるだけだ。

「くれぐれも近隣住民に迷惑をおかけすることのないようにしてください」

健介は久しぶりに阿久津に対して、丁寧な言葉を使った。今は勤務中であることをはっきりとさせておくためにだ。

「お、警察官の顔しやがって」

「俺はずっと警察官っすよ。それが何か？」

健介は澄まして答えるが、顔が熱かった。きっと赤くなっているに違いない。中也に見られながら阿久津と平然と会話をするなど、健介にできる芸当ではないのだ。

「ちょっと、健ちゃん」

呼びかけながら、商店街の房江《ふさえ》が近づいてくる。今の健介にとっては救世主だ。

「おっと、商店街のアイドルを独り占めしてるって、苦情かな」

阿久津は軽口を叩《たた》き、ニヤッと笑う。

「なんでそれ……」

健介がそう呼ばれていることなど、この辺りの住民でなければ知らないことだ。交番勤務の警察官なら知っていても、それ以外の署の人間も知らない。健介は不思議に思い、阿久津の顔を見つめた。

「それくらいは調べるだろ。お前に関することならな」

阿久津は当然だろうと、自慢した様子もない。

知らなかった。健介が思っている以上に、阿久津も自分を想ってくれていることにようやく気づけた。

「ほら、帰るぞ」

阿久津が珍しく父親の顔で史也の背中を押し、並んで歩き出す。それを見送る健介の顔は、知らず知らず最高の笑顔になっていた。

あとがき

こんにちは、はじめまして。いおかいつきと申します。
祝四十代です。今回、過去最高齢の攻登場。初めて四十歳を越えました。感無量です。どういうわけだか、これまでもオヤジ好きだとか、オヤジばかり書いているかのように言われていましたが、オヤジと呼ぶにはせめて四十代になってから。というわけで、これで晴れてオヤジ好きだと叫べます。

オヤジ連呼はこのくらいにして、中身の話を。警察関係者はこれまでも比較的たくさん書いてましたが、制服のおまわりさんは初めてでした。いいですね、制服は！　きっちり着込んだ制服を着崩すというのは、エロスの醍醐味。しかもそれがお堅い職業となれば、なおさらです。おかげで非常に楽しく書かせていただきました。

イラストを描いてくださった桜城《さくらぎ》やや様。オヤジ最高っ！　そう叫びたくなるくらいのエロオヤジっぷり。受ももちろんかっこいいんですが、こんなオヤジになら落とされます。素敵なイラストを本当にありがとうございました。

ご指導いただきました担当様。いろいろお世話になり、ありがとうございました。タイトルを決めるのが苦手な私に、これまた苦手な担当様との組み合わせで、なかなかタイトルが決まりませんでした。次回こそは決めていただこうと狙っておりますので、よろしくお願いします。

そして、最後にもう一度。この本を手にしてくださった方へ、最大の感謝を込めて、ありがとうございました。

二〇〇七年五月　いおかいつき

この本を読んでのご意見、ご感想を編集部までお寄せください。

《あて先》〒105－8055　東京都港区芝大門2－2－1　徳間書店　キャラ編集部気付

「交番へ行こう」係

■初出一覧

交番へ行こう……書き下ろし

交番へ行こう

【キャラ文庫】

2007年6月30日　初刷

著者　いおかいつき
発行者　市川英子
発行所　株式会社徳間書店
〒105-8055　東京都港区芝大門2-2-1
電話048-451-5960(販売部)
03-5403-4348(編集部)
振替00140-0-44392

印刷　図書印刷株式会社
製本　株式会社宮本製本所
カバー・口絵　近代美術株式会社
デザイン　間中幸子・海老原秀幸

ISBN978-4-19-900441-4

好評発売中

いおかいつきの本
【恋愛映画の作り方】
イラスト◆高久尚子

望月《もちづき》恭平《きょうへい》は映画配給会社に勤める宣伝マン。次の仕事は、密かに才能に惚れ込んでいた若手監督・明神《みょうじん》律《りつ》の新作だ。ところがNYから招聘した明神は、クールな美貌で態度は高飛車!!　芸術家肌で一切宣伝に協力してくれない。しかも恭平がゲイだと知ると、逆に「ゲイってどんなSEXをするの？」と挑発するように質問してくる。煽られた恭平はある夜、酔った勢いで明神を抱いてしまい…!?

キャラ文庫既刊

■英田サキ
[DEADLOCK]
[DEADHEAT　DEADLOCK2]
[DEADSHOT　DEADLOCK3]　CUT高階 佑

■秋月こお
[やってらんねェぜ！]全6巻
[セカンド・レボリューション　やってらんねェぜ！外伝]
[アーバンナイト・クルーズ　やってらんねェぜ！外伝2]
[酒と薔薇とジェラシーと　やってらんねェぜ！外伝3]
[許せない男　やってらんねェぜ！外伝4]　CUTこいでみえこ
[王様な猫]
[王様な猫のしつけ方　王様な猫2]
[王様な猫の陰謀と純愛　王様な猫3]
[王様な猫と調教師　王様な猫4]
[王様な猫の戴冠　王様な猫5]　CUTかすみ涼和
[王朝春宵ロマンセ]
[王朝夏曙ロマンセ　王朝春宵ロマンセ2]
[王朝秋夜ロマンセ　王朝春宵ロマンセ3]
[王朝冬陽ロマンセ　王朝春宵ロマンセ4]
[王朝唐紅ロマンセ　王朝ロマンセ外伝]
[王朝月下繚乱ロマンセ　王朝ロマンセ外伝2]
[王朝綺羅星如ロマンセ　王朝ロマンセ外伝3]　CUT唯月 一
[要人警護]
[特命外交官　要人警護2]
[駆け引きのルール　要人警護3]
[シークレット・ダンジョン　要人警護4]
[暗殺予告　要人警護5]
[日陰の英雄たち　要人警護6]　CUT緋色れーいち
[本日のご葬儀]　CUTヤマダサクラコ

■洸
[緑の楽園の奥で]　CUT宗真仁子

[機械仕掛けのくちびる]　CUT須賀邦彦
[刑事はダンスが踊れない]　CUT香雨
[花陰のライオン]　CUT宝井さき
[黒猫はキスが好き]　CUT汞りょう

■いおかいつき
[恋愛映画の作り方]　CUT高久尚子
[交番へ行こう]　CUT桜城やや

■五百香ノエル
[キリング・ビータ]
[偶像の資格　キリング・ビータ2]
[暗黒の誕生　キリング・ビータ3]
[静寂の暴走　キリング・ビータ4]　CUT麻々原絵里依
[GENE《ゲーン》　天使は裂かれる]
[望郷天使　GENE2]
[紅蓮の稲妻　GENE3]
[宿命の血戦　GENE4]
[この世の果て　GENE5]
[愛の戦闘《たたかい》　GENE6]
[螺旋運命　GENE7]
[心の扉　GENE8]
[天使はうまれる　GENE9]　CUT金ひかる
[白皙]　CUT須賀邦彦
[完全恋愛]　CUT史堂 櫂

■斑鳩サハラ
[僕の銀狐]
[押したおされて　僕の銀狐2]
[最強ラヴァーズ　僕の銀狐3]　CUT越智千文
[狼と子羊　僕の銀狐4]　CUT吹山りこ
[月夜の恋奇譚]　CUT嶋田尚未
[夏の感触]　CUT桃季さえ
[秒殺LOVE]
[今夜こそ逃げてやる！]　CUTこうじま奈月

■池戸裕子
[アニマル・スイッチ]　CUT夏乃あゆみ

[TROUBLE TRAP！]　CUT峰倉かずや
[課外授業のそのあとで]　CUT史堂 櫂
[勝手にスクープ！]　CUTにゃおんたつね
[社長秘書の昼と夜]　CUT果桃なばこ
[あなたのいない夜]　CUT椎名咲月
[部屋の鍵は貸さない]　CUT鳴海ゆき
[共犯者の甘い罪]　CUT宝井さき
[エゴイストの報酬]　CUT新井サチ
[スーツのままでくちづけを]　CUT横井里奈
[恋人は三度嘘をつく]　CUT新藤まゆり
[特別室は貸切中]　CUTとやさか高子
[容疑者は誘惑する]　CUT梅沢はな

■岩本 薫
[13年目のライバル]　CUTLee

■烏城あきら
[発明家に手を出すな]　CUT長門サイチ
[スパイは秘書に落とされる]　CUT羽根田実

■榎田尤利
[ゆっくり走ろう]　CUTやまかみ梨由
[歯科医の憂鬱]　CUT高久尚子
[ギャルソンの躾け方]　CUT宮本佳野

■鹿住 槇
[優しい革命]　CUT橘 皆無
[甘える覚悟]　CUT穂波ゆきね
[愛情シェイク]
[微熱ウォーズ　愛情シェイク2]　CUT高群 保
[別嬪レイディ]　CUT大和名瀬
[可愛くない可愛いキミ]　CUT藤崎一也
[ゲームはおしまい！]　CUT宏橋昌水
[囚われた欲望]　CUT椎名咲月
[甘い断罪]　CUT不破慎理
[ただいま同居中！]

キャラ文庫既刊

【ただいま恋愛中！】 CUT夏乃あゆみ
【お願いクッキー】 CUT北畠あけ乃
【独占禁止!?】 CUT宮城とおこ
【となりのベッドで眠らせて】 CUT椎名咲月
【君に抱かれて花になる】 CUT真生るいす
【ヤバイ気持ち】 CUT穂波ゆきね
【別れてもらいます！】 CUT雁川せゆ
【恋になるまで身体を重ねて】 CUT宮本佳野
【遺産相続人の受難】 CUT鳴海ゆき
【天才の烙印】 CUT宝井さき
【兄と、その親友と】 CUT夏乃あゆみ

■金丸マキ
【恋はある朝ショーウィンドウに】 CUT椎名咲月
【臆病者が夢をみる】 CUT明森びびか

■川原つばさ
【泣かせてみたい①～⑥】
【ブラザー・チャージ】 泣かせてみたいシリーズ
【キャンディ・フェイク】 泣かせてみたいシリーズ2 CUT禾田みちる
【天使のアルファベット】 CUT極楽院櫻子
【プラトニック・ダンス】全6巻 CUT沖麻実也

■神奈木智
【地球儀の庭】 CUTやまかみ梨由
【王様は、今日も不機嫌】 CUT雁川せゆ
【勝ち気な三日月】 CUT楠本こすり
【その指だけが知っている】
【左手は彼の夢をみる】 その指だけが知っている2
【くすり指は沈黙する】 その指だけが知っている3
【そして指環は告白する】 その指だけが知っている4 CUT小田切ほたる

【ダイヤモンドの条件】 CUT須賀邦彦
【シリウスの奇跡】 ダイヤモンドの条件2 CUT椎名咲月
【ノワールにひざまずけ】 ダイヤモンドの条件3
【無口な情熱】 CUT明森びびか
【征服者の特権】
【御所泉家の優雅なたしなみ】 CUT円屋榎英
【甘い夜に呼ばれて】 CUT不破慎理
【密室遊戯】 CUT羽根田実

■剛しいら
【このままでいさせて】 CUT藤崎一也
【エンドマークじゃ終わらない】 CUT椎名咲月
【追跡はワイルドに】 CUT緋色れーいち
【雛供養】 CUT須賀邦彦
【顔のない男】
【見知らぬ男】 顔のない男2 CUT北畠あけ乃
【時のない男】 顔のない男3
【青と白の情熱】 CUTかすみ涼和
【仇なれども】 CUT今 市子
【色重ね】 CUT高口里純
【赤色サイレン】
【赤色コール】 赤色サイレン2 CUT神崎貴至
【蜜と罪】 CUTタカツキノボル
【恋愛高度は急上昇】 CUT亜樹良のりかず
【君は優しく僕を裏切る】 CUT新藤まゆり

■ごとうしのぶ
【水に眠る月 ―夢見の章―】
【水に眠る月② ―露雨の章―】 CUTLee
【水に眠る月③ ―黄昏の章―】
【熱情】 CUT高久尚子

■榊 花月
【午後の音楽室】 CUT依田沙江美
【白衣とダイヤモンド】 CUT明森びびか

【ロマンスは熱いうちに】 CUT夏乃あゆみ
【永遠のパズル】 CUT山田ユギ
【もっとも高級なゲーム】 CUT汞りょう
【ジャーナリストは眠れない】 CUTヤマダサクラコ
【光の世界】 CUT片岡ケイコ
【市長は恋に乱される】 CUT北畠あけ乃
【恋人になる百の方法】 CUT高久尚子

■佐倉あずき
【1／2の足枷】 CUT麻生 海

■桜木知沙子
【ささやかなジェラシー】 CUTビリー高橋
【ご自慢のレシピ】 CUT椎名咲月
【となりの王子様】 CUT夢花 李
【金の鎖が支配する】 CUT清瀬のどか
【解放の扉】 CUT北畠あけ乃
【プライベート・レッスン】 CUT高星麻子
【ひそやかに恋は】 CUT山田ユギ

■佐々木禎子
【ロッカールームでキスをして】 CUT高久尚子
【最低の恋人】 CUT蓮川 愛
【したたかに純愛】 CUT不破慎理
【ニュースにならないキス】 CUT水名瀬雅良
【三ツ星シェフの心得】 CUT雁川せゆ
【レイトショーはお好き?】 CUT明森びびか
【秘書の条件】 CUT史堂 櫂
【遊びじゃないんだ！】 CUT鳴海ゆき
【花嫁は薔薇に散らされる】 CUT由貴海里

■篠 稲穂
【熱視線】 CUT夏乃あゆみ
【Baby Love】 CUT宮城とおこ

■秀香穂里
【くちびるに銀の弾丸】

キャラ文庫既刊

【くるぶしに秘密の鎖　くちびるに銀の弾丸2】　CUT祭河ななを
【チェックインで幕はあがる】　CUT高久尚子
【虜―とりこ―】　CUT山田ユギ
【挑発の15秒】　CUT宮本佳野
【誓約のうつり香】　CUT海老原由里
【灼熱のハイシーズン】　CUT長門サイチ
【禁忌に溺れて】　CUT亜樹良のりかず
【ノンフィクションで感じたい】　CUT新藤まゆり
【艶めく指先】　CUTサクラサクヤ
【烈火の契り】　CUT彩

■愁堂れな
【身勝手な狩人】　CUT蓮川 愛
【ヤシの木陰で抱きしめて】　CUT片岡ケイコ
【十億のプライド】　CUT汞りょう
【愛人契約】　CUT水名瀬雅良
【紅蓮の炎に焼かれて】　CUT金ひかる
【やさしく支配して】　CUT香雨
【花婿をぶっとばせ】　CUT高久尚子
【誘拐犯は華やかに】　CUT神葉理世
【伯爵は服従を強いる】　CUT羽根田実
【コードネームは花嫁】　CUT汞りょう

■菅野 彰
【毎日晴天!】
【子供は止まらない　毎日晴天!2】
【子供の言い分　毎日晴天!3】
【いそがないで。　毎日晴天!4】
【花屋の二階で　毎日晴天!5】
【子供たちの長い夜　毎日晴天!6】
【僕らがもう大人だとしても　毎日晴天!7】
【花屋の店先で　毎日晴天!8】
【君が幸いと呼ぶ時間　毎日晴天!9】
【明日晴れても　毎日晴天!10】

【夢のころ、夢の町で。　毎日晴天!11】　CUT二宮悦巳

【野蛮人との恋愛】
【ひとでなしとの恋愛　野蛮人との恋愛2】
【ろくでなしとの恋愛　野蛮人との恋愛3】　CUTやしきゆかり
【高校教師、なんですが。】　CUT山田ユギ

■春原いずみ
【風のコラージュ】　CUTやまかみ梨由
【緋色のフレイム】　CUT果桃なばこ
【とけない魔法】　CUTやまねあやの
【チェックメイトから始めよう】　CUT椎名咲月
【白檀の甘い罠】　CUT明森びびか
【氷点下の恋人】　CUT片岡ケイコ
【恋愛小説のように】　CUT香雨
【赤と黒の衝動】　CUT夏乃あゆみ
【キス・ショット!】　CUT麻々原絵里依
【舞台の幕が上がる前に】　CUT禾田みちる

■染井吉乃
【嘘つきの恋】
【蜜月の条件　嘘つきの恋2】
【誘惑のおまじない　嘘つきの恋3】　CUT宗真仁子
【足長おじさんの手紙】　CUT南かずか
【ハート・サウンド】
【ボディ・フリーク　ハート・サウンド2】
【ラブ・ライズ　ハート・サウンド3】　CUT麻々原絵里依

■高岡ミズミ
【この男からは取り立て禁止!】　CUT桜城やや
【ワイルドでいこう】　CUT紺野けい子
【愛を知らないろくでなし】　CUT長門サイチ

■篁釉以子
【バックステージ・トラップ】　CUT仙本テマリ
【ドクターには逆らえない】　CUTやまかみ梨由
【真夏の合格ライン】
【真冬のクライシス　真夏の合格ライン2】　CUT明森びびか
【ショコラティエは誘惑する】　CUT円屋榎英
【甘えたがりのデザイナー】　CUT椎名咲月

■たけうちりうと
【泥棒猫によろしく】　CUT史堂 櫂

■月村 奎
【そして恋がはじまる】
【いつか青空の下で　そして恋がはじまる2】　CUT夢花 李
【アプローチ】　CUT夏乃あゆみ

■遠野春日
【眠らぬ夜のギムレット】
【ブルームーンで眠らせて　眠らぬ夜のギムレット2】　CUT沖麻実也
【ブリュワリーの麗人】　CUT水名瀬雅良
【高慢な野獣は花を愛す】　CUT汞りょう

■火崎 勇
【ウォータークラウン】　CUT不破慎理
【EASYな微熱】　CUT金ひかる
【永い言葉】　CUT石田育絵
【恋愛発展途上】　CUT蓮川 愛
【三度目のキス】　CUT高久尚子

キャラ文庫既刊

[ムーン・ガーデン] CUT須賀邦彦
[グッドラックはいらない!] CUT果桃なばこ
[お手をどうぞ] CUT松本テマリ
[ロジカルな恋愛] CUT山守ナオコ
[カラッポの卵] CUT明森びびか
[寡黙に愛して] CUT北畠あけ乃
[運命の猫] CUT片岡ケイコ
[名前のない約束] CUT香雨
[書きかけの私小説] CUT真生るいす
[最後の純愛] CUT宝井さき
[ブリリアント] CUT麻々原絵里依
[メビウスの恋人] CUT紺野けい子

■菱沢九月
[小説家は懺悔する]
[小説家は束縛する 小説家は懺悔する2] CUT高久尚子
[夏休みには遅すぎる] CUT山田ユギ
[本番開始5秒前] CUT新藤まゆり
[セックスフレンド] CUT水名瀬雅良

■ふゆの仁子
[飛沫の鼓動《リズム》] CUT不破慎理
[飛沫の輪舞《ロンド》 飛沫の鼓動2]
[飛沫の円舞《ワルツ》 飛沫の鼓動3]
[太陽が満ちるとき] CUT高久尚子
[年下の男] CUT北畠あけの
[Gのエクスタシー] CUTやまねあやの
[ボディスペシャルNO.1] CUTやしきゆかり
[恋愛戦略の定義] CUT雪舟 薫
[フラワー・ステップ] CUT夏乃あゆみ
[ソムリエのくちづけ] CUT北畠あけ乃
[プライドの欲望] CUT須賀邦彦
[偽りのコントラスト] CUT水名瀬雅良
[薔薇は咲くだろう] CUT亜樹良のりかず
[ベリアルの誘惑] CUT高階 佑

■穂宮みのり
[君だけのファインダー] CUT円屋榎英
[純銀細工の海] CUT片岡ケイコ

■松岡なつき
[声にならないカデンツァ] CUTビリー高橋
[ブラックタイで革命を]
[ドレスシャツの野蛮人 ブラックタイで革命を2] CUT緋色れーいち
[センターコート] 全3巻 CUT須賀邦彦
[旅行鞄をしまえる日] CUT史堂 櫂
[GO WEST!] CUTほたか乱
[NOと言えなくて] CUT果桃なばこ
[WILD WIND] CUT雪舟 薫
[FLESH & BLOOD①～⑩] CUT雪舟 薫

■真船るのあ
[オープン・セサミ]
[楽園にとどくまで オープン・セサミ2] CUT蓮川 愛
[やすらぎのマーメイド オープン・セサミ3]
[思わせぶりな暴君] CUT果桃なばこ
[恋と節約のススメ] CUT橘 皆無

■水無月さらら
[お気に召すまで] CUT北畠あけの
[永遠の7days] CUT真生るいす
[視線のジレンマ] CUTLee
[恋愛小説家になれない] CUT史堂 櫂
[なんだかスリルとサスペンス] CUT円屋榎英
[正しい紳士の落とし方] CUT長門サイチ
[オトコにつまずくお年頃] CUT汞りょう

[シャンプー台へどうぞ] CUTせら
[社長椅子におかけなさい] CUT羽根田実

■水王楓子
[桜姫]
[ルナティック・ゲーム 桜姫2] CUT長門サイチ

■桃さくら
[占いましょう] CUT唯月 一

■夜光 花
[シャンパーニュの吐息] CUT汞りょう
[君を殺した夜] CUT小山田あみ
[七日間の囚人] CUTあそう瑞穂

■吉原理恵子
[二重螺旋]
[愛情鎖縛 二重螺旋2]
[攣哀感情 二重螺旋3] CUT円陣闇丸

〈2007年6月27日現在〉

投稿小説★大募集

『楽しい』『感動的な』『心に残る』『新しい』小説——

みなさんが本当に読みたいと思っているのは、どんな物語ですか？　みずみずしい感覚の小説をお待ちしています！

•応募きまり•

[応募資格]

商業誌に未発表のオリジナル作品であれば、制限はありません。他社でデビューしている方でもOKです。

[枚数／書式]

20字×20行で50～100枚程度。手書きは不可です。原稿は全て縦書きにして下さい。また、800字前後の粗筋紹介をつけて下さい。

[注意]

①原稿はクリップなどで右上を綴じ、各ページに通し番号を入れて下さい。また、次の事柄を１枚目に明記して下さい。
（作品タイトル、総枚数、投稿日、ペンネーム、本名、住所、電話番号、職業・学校名、年齢、投稿・受賞歴）
②原稿は返却しませんので、必要な方はコピーをとって下さい。
③締め切りは特別に定めません。採用の方にのみ、原稿到着から３ヶ月以内に編集部から連絡させていただきます。また、有望な方には編集部からの講評をお送りします。
④選考についての電話でのお問い合わせは受け付けできませんので、ご遠慮下さい。
⑤ご記入いただいた個人情報は、当企画の目的以外での利用はいたしません。

「あて先」〒105-8055 東京都港区芝大門2-2-1
徳間書店 Chara編集部 投稿小説係

投稿イラスト★大募集

キャラ文庫を読んで、イメージが浮かんだシーンをイラストにしてお送り下さい。キャラ文庫、『Chara』『Chara Selection』『小説Chara』などで活躍してみませんか？

•応募きまり•

[応募資格]

応募資格はいっさい問いません。マンガ家＆イラストレーターとしてデビューしている方でもOKです。

[枚数／内容]

①イラストの対象となる小説は『キャラ文庫』か『Chara、Chara Selection、小説Charaにこれまで掲載された小説』に限ります。
②カラーイラスト１点、モノクロイラスト３点の合計４点。カラーは作品全体のイメージを。モノクロは背景やキャラクターの動きの分かるシーンを選ぶこと（裏にそのシーンのページ数を明記）。
③用紙サイズはＡ４以内。使用画材は自由。

[注意]

①カラーイラストの裏に、次の内容を明記して下さい。
（小説タイトル、投稿日、ペンネーム、本名、住所、電話番号、職業・学校名、年齢、投稿・受賞歴、返却の要・不要）
②原稿返却希望の方は、切手を貼った返却用封筒を同封して下さい。封筒のない原稿は編集部で処分します。返却は応募から１ヶ月前後。
③締め切りは特別に定めません。採用の方にのみ、編集部から連絡させていただきます。また、有望な方には編集部から講評をお送りします。選考結果の電話でのお問い合わせはご遠慮下さい。
④ご記入いただいた個人情報は、当企画の目的以外での利用はいたしません。

[あて先]

〒105-8055 東京都港区芝大門2-2-1
徳間書店 Chara編集部 投稿イラスト係